双葉文庫

歳三の首

藤井邦夫

目次

歳三の首

第一章　新天地

一

慶応《けいおう》四年（一八六八）七月、江戸は東京と改称され、九月には明治と改元された。

江戸幕府が倒れ、明治新政府になっても戊辰《ぼしん》戦争は蝦夷《えぞ》・箱館《はこだて》で続いていた。

新撰組《しんせんぐみ》副長助勤《じょきん》永倉新八《ながくらしんぱち》は、鳥羽伏見《とばふしみ》の戦いから各地に転戦し、江戸下谷《したや》にある松前藩《まつまえはん》三万石の江戸上屋敷《かみやしき》の侍長屋に身を潜《ひそ》めていた。

永倉新八は、天保《てんぽう》十年（一八三九）にこの上屋敷で生まれた。

父親の永倉勘次《かんじ》は、百五十石取りの定府《じょうふ》取次役《とりつぎやく》であった。だが、その父も新八を愛《いと》しんだ母も既にいない。

松前藩は、慶応四年五月の時点では奥羽越列藩同盟《おううえつれっぱんどうめい》に属していたが、九月には新政府側にいた。

明治二年（一八六九）二月。

官軍に追われる賊となった永倉新八は、十九歳の時に剣術修行と称して出た松前藩江戸上屋敷に逃げ込んだ。江戸家老下国東七郎《しもくにとうしちろう》は、新八を快く迎えてくれた。松前藩は新政府軍と共に箱館・五稜郭《ごりょうかく》による榎本《えのもと》軍と戦っていただけに、新八を匿《かくま》った下国家老の行動は大胆なものだった。そして、下国家老は藩主・松前修広《ながひろ》公の許しを得て、新八を松前藩に帰参させた。

帰参した新八は、上屋敷の長屋に住み、藩のフランス伝習隊の歩兵調練を行ったりした。

それもこれも亡き親父のお蔭……。

新八は、亡き父親・勘次に親不孝を詫び、その恩に密《ひそ》かに涙した。

新八は六年もの間、新撰組副長助勤として戦い続け、疲れ切った心と身体を懐かしさの中で癒《いや》していた。

土方歳三《ひじかたとしぞう》が死んだ。

「土方さんが……」

新八は、土方歳三の鋭利な横顔を思い浮かべた。

「うむ。去る五月十一日に一本木関門《いっぽんぎかんもん》と申す処《ところ》で鉄砲で撃たれたそうだ」

下国家老は眉をひそめた。

「鉄砲……」

「うむ」

新撰組副長として鬼のように恐れられた土方歳三が、斬られて死ぬはずはない。

「一本木関門ですか……」

松前藩士の家に生まれた新八だが、蝦夷・松前には行ったこともなく、何の土地勘もなかった。

「左様、五稜郭に近い処だ。新八には辛いことであろうが、これで蝦夷の戦《いくさ》もようやく終わり、松前も静かになるであろう」

下国家老は、新八への同情を見せながら安堵《あんど》の吐息を洩らした。

「ええ……」

歳三のいなくなった榎本軍は、中身を失った空箱のように簡単に押し潰される。

新八はそう思った。

「ま、新八もこれからどうするか、よく考えるのだな」

下国家老は座を立った。

「はい……」

新八は小さく返事をした。

「土方歳三が死んだ……」

新八は呟《つぶや》いた。

その声に、懐かしさは僅《わず》かにしか含まれていなかった。

新八と土方歳三は、余り親しくなかった。

江戸で武士の子として生まれながら、平然と家を棄てた新八。

多摩《たま》の百姓の子として生まれ、武士になろうとして闘った歳三。

正反対の二人の立場は、互いに軽蔑《けいべつ》を含んだ冷ややかな眼を向けさせていたのかも知れない。

新八は、歳三の策謀を巡らす粘着質な性格を嫌った。そして歳三は、新八の江戸っ子らしい単純明快さを嗤《わら》った。だが、二人は同じ敵に向かい、命懸けで闘った。

戦友……。

それだけは、誰が何と云おうと事実だ。

その土方歳三が死んだ。

新八は、初めて歳三に親しみを覚え、懐かしさを感じた。

「ご苦労でした。土方さん……」

新八は瞑目《めいもく》し、手を合わせた。


明治元年（一八六八）九月。

新撰組副長土方歳三は、各地を転戦した末に会津《あいづ》鶴《つる》ヶ城《じょう》の戦いに敗れた。

その時、江戸から脱走してきた旧幕府海軍が仙台にいた。旧幕府海軍は榎本武《たけ》揚《あき》が指揮をとっていた。

旧幕府海軍副総裁の榎本武揚は、鳥羽伏見の戦いに敗れた歳三や新八たち新撰組を軍艦で江戸に運んでくれた人物だ。

歳三は榎本武揚と合流し、八隻の軍艦で新天地の蝦夷に向かった。

蝦夷は、松前藩が福山《ふくやま》の地に城を構えていた。松前藩は三万石の石高だが、年貢よりも海産物貿易での収入を主なものにしていた。そして、奥羽越列藩同盟に参加していたが、今は新政府に与《くみ》している。蝦夷に入って先ずやることは、五稜郭と松前城の占領だ。

永倉新八は、その松前藩江戸詰藩士の息子であった。

「永倉新八……」

歳三は軍艦の甲板に立ち、永倉新八が蝦夷松前藩の脱藩者なのを思い出した。神道無念流《しんとうむねんりゅう》本目録《ほんもくろく》の新八は、度胸の据わった剽悍《ひょうかん》な剣をつかった。その剣は、池田屋襲撃をはじめとしたさまざまな修羅場《しゅらば》を戦い抜いてきた。

新撰組の運命を左右する戦いの時、永倉新八はいつも先頭にいた。

一度、ゆっくり酒を酌《く》み交《か》わしたかった……。

歳三は微《かす》かに苦笑した。

新八だけではない。原田左之助《はらださのすけ》、山南敬助《やまなみけいすけ》、藤堂平助《とうどうへいすけ》たち近藤勇《こんどういさみ》の天然理心流《てんねんりしんりゅう》・試衛館《しえいかん》に集《つど》い、新撰組創設に参加した男たちの誰とも胸襟《きょうきん》を開いて酒を飲んだことはなかった。

新八たちが酒を飲んで楽しげに笑っていた時、歳三は一人で新撰組と近藤勇の行く末を考えていた。

歳三は悔やんではいない。

それが、新撰組での歳三の立場だった。だが、近藤勇が板橋《いたばし》で刑死し、新撰組が崩壊した今、歳三は初めて古い仲間に懐かしさを抱いた。

風は冷たくなり、甲板に立つ歳三の頬を凍《い》てつかせた。

旧幕府脱走軍の八隻の軍艦は、高波を蹴立てて蝦夷に突き進んだ。

旧幕府脱走軍は箱館の北・鷲《わし》ノ木《き》から蝦夷地に上陸し、明治新政府の箱館府と戦って五稜郭に入った。

五稜郭は、星形をした日本初の西欧式の城であり、外国列強に備えて造られたものである。

榎本や歳三たちは、五稜郭に続いて箱館を占領した。そして、榎本は歳三に松前城攻略を頼んだ。

歳三は部下を率《ひき》い、旧幕府海軍の軍艦回天《かいてん》の砲撃と連携し、松前城を落城させた。

明治元年十二月。

旧幕府脱走軍は、箱館政府の樹立を宣言した。

新撰組副長土方歳三は、箱館政府の陸軍奉《ぶ》行並《ぎょうなみ》に就任した。

明治二年五月十一日。

新政府軍による箱館総攻撃の火蓋《ひぶた》が切られた。

旧幕府脱走軍の立て籠もる五稜郭の北に位置する赤川と大川。そして、北西の七重浜《ななえはま》の三ヶ所から新政府軍は進軍した。

榎本武揚率いる旧幕府脱走軍は、すぐに応戦を開始した。だが、新政府軍は艦隊から砲撃を加え、陸兵の援護をした。やがて、新政府軍は箱館を占領し、旧幕府脱走軍の守備隊は弁天台場《べんてんだいば》に籠城を余儀なくされた。

弁天台場に籠城した守備隊が壊滅するのは時間の問題だ。

旧幕府脱走軍陸軍奉行並だった土方歳三は、箱館奪還と守備隊救援のために部下を率いて出撃した。そして、五稜郭と箱館の間にある一本木関門で新政府軍と激戦になった。

馬に乗った歳三は、部下を督戦《とくせん》して修羅の如く戦った。

戦いは凄絶《せいぜつ》を極めた。

突然、銃声が鳴り響き、一発の銃弾が歳三の腹を貫いた。

歳三は空に手を伸ばし、馬からどっと転げ落ちて絶命した。

新撰組副長土方歳三は死んだ。

その後、歳三の死体は、部下によって葬《ほうむ》られたとされている。だが、その場所が何処《どこ》かは正確に知る者はいない。

歳三が死んで数日後、榎本武揚や大鳥圭介《おおとりけいすけ》たち箱館政府は降伏し、鳥羽伏見の戦いから一年半に亙《わた》った戊辰戦争は終わった。

戊辰戦争が終わり、世の中はようやく平穏を取り戻した。

帰参したといえども、新八は新政府に追われる身である。その動きはおのずと制限され、松前藩江戸上屋敷に潜伏し続けた。

潜伏生活に飽《あ》きた新八は、下谷小島町《こじまちょう》の上屋敷を密かに抜け出した。

西に向かった新八は、向柳原《むこうやなぎわら》通り、御徒町《おかちまち》通り、練塀小路《ねりべいこうじ》などを横切って下谷広小路《ひろこうじ》に出た。

下谷広小路の北には上野《うえの》の山があり、東叡山寛永寺《とうえいざんかんえいじ》の伽藍《がらん》が見える。そして、黒門の奥には炎上した吉祥閣《きっしょうかく》などの残骸があった。一帯にはまだ上野戦争の戦火の燻《くすぶ》りが漂っている。

新八はそう感じた。

上野には、旧幕臣と諸藩から脱藩した佐幕《さばく》論者が彰義隊《しょうぎたい》を結成して立て籠もり、官軍に最後の戦いを挑んだ。

慶応四年（一八六八）五月。

大村益次郎《おおむらますじろう》の指揮により、官軍は彰義隊に総攻撃をかけた。

官軍は不忍池《しのばずのいけ》の南岸からアームストロング砲を撃ち、黒門に向かって突撃した。

吉祥閣、中堂、本堂などが戦火に包まれ、彰義隊と官軍の激闘は続いた。

その日の夕方、上野の山は官軍に占領され、彰義隊は壊滅した。

新八は敗れ去った彰義隊に思いを馳《は》せ、湯島天神《ゆしまてんじん》から神田川《かんだがわ》沿いに市《いち》ヶ谷《や》に向かった。

市ヶ谷柳町《やなぎちょう》。

そこに近藤勇の天然理心流・試衛館があった。

新八は、神道無念流の岡田十松《おかだじゅうまつ》を師と仰ぎ、十八歳で本目録を与えられた。

そして、剣術修行に明け暮れ、近藤勇を道場主とする天然理心流・試衛館に出入りをし始めた。

天然理心流・試衛館には、土方歳三、沖田総司《おきたそうじ》、山南敬助、原田左之助、藤堂平助、井上源三郎《いのうえげんざぶろう》など、後に新撰組の幹部になる者たちがいた。新八は彼らと親しく交わり、京に赴《おもむ》いて新撰組結成に参加し、命を懸けて戦った。だが、そうした仲間たちも既にいない。

近藤勇、板橋で刑死。
土方歳三、五稜郭に於いて戦死。
沖田総司、江戸に於いて病死。
山南敬助、京都壬生《みぶ》に於いて切腹。
藤堂平助、京都油小路《あぶらのこうじ》で斬殺される。
原田左之助、消息不明。
井上源三郎、京都に於いて銃創戦死。
対立、離反、敵対、斬り合い……。
同志として出発した試衛館の仲間たちは、過ぎゆく時の流れに散っていった。
俺だけか……。
新撰組として戦い、江戸に無傷で戻って来たのは新八一人だった。

旧幕府の旗本御家人が多く住んでいた市ヶ谷は、空き家になった屋敷が目立った。

新八はそうした屋敷街を抜け、市ヶ谷柳町に入った。

天然理心流・試衛館が近くなった時、新八は背中に何者かの視線を感じた。

尾行されている……。

新八の直感が囁《ささや》いた。

新撰組副長助勤として戦い続けてきた新八は、危険や異常に対して研《と》ぎ澄まされた感覚を持っていた。

新八は歩調を変えず、辻を曲がった。

何者かの視線は、尚も新八の背中に感じられた。

間違いなく尾行されている。

不覚……。

新八は苦笑した。

戦いから離れ、緊張感に欠けた己を嘲笑《あざわら》わずにはいられなかった。

新八は試衛館に行くのを止め、尾行者が何者か突き止めることにした。

尾行者は新政府の官憲か、それとも新八に個人的に遺恨《いこん》を持つ者なのか……。

新八は、連なる寺の裏に向かった。

寺の裏には狭い道が長く続いている。

新八は、人通りのない狭い道を進んだ。

襲ってくるならそれもよし……。

新八は、緊張や昂《たかぶ》りを毛筋ほども見せずに狭い道を進んだ。尾行者が襲い掛かってくる気配はない。

寺の土塀《どべい》の狭い道が終わりに近付いた時、新八はいきなり振り向いた。

浪人が思わず足を止めた。

尾行者だ……。

新八は、尾行者に向かって地を蹴った。

尾行者の浪人は立ち竦《すく》んだ。

新八は迫った。

尾行者の浪人に逃げ道はなく、その顔が恐怖に大きく歪《ゆが》んだ。

その時、尾行者の浪人の背後から二人の侍が猛然と駆け寄って来た。

敵は三人……。

新八は僅かに戸惑った。

駆け寄って来た二人の侍は、そのままの勢いで新八に斬り掛かった。

新八は素早く躱《かわ》し、侍の一人に抜き打ちの一刀を放った。

侍は、身体を投げ出して新八の刀を躱した。

久し振りの斬り合いに、新八の刀の伸びは今ひとつ足りなかった。

新八は素早く踏み込んだ。だが、別の侍が、横手から新八に襲い掛かった。

新八は躱し、土塀を背にした。

尾行者の浪人が身を翻《ひるがえ》して逃げた。

見覚えのある顔……。

新八がそう思った時、襲い掛かってきた二人の侍も逃走した。

新八は、見覚えのある顔の浪人を追った。だが、浪人の逃げ足は速かった。

新八は一気に引き離され、浪人に逃げ切られてしまった。

新八は、浪人の顔に見覚えがあった。だが、何処で出会った何者かは思い出せなかった。

いずれにしろ狙われている……。

新八は試衛館に行くのを諦め、松前藩江戸上屋敷に戻ることにした。

家老の下国東七郎は、厳しい面持ちで眉根を寄せた。

「で、襲い掛かってきた者ども、何者なのだ」

「見覚えのある顔でしたが……」

新八は首を捻《ひね》った。

「分からぬか……」

「はい。ですが、おそらく私に遺恨を持つ者どもでしょう」

新撰組副長助勤として恐れられた新八を恨む者は数知れない。

新八自身、恨まれているのは覚悟の上だ。

「新政府の弾正台《だんじょうだい》の者ではないのだな」

下国は念を押した。

明治二年に設置された弾正台は、各地の巡察と非違《ひい》の糾弾《きゅうだん》を任務とし、新政府に抵抗する旧幕府の残徒や政治的陰謀者の摘発を任務とした刑部省《ぎょうぶしょう》所属の警察組織である。

元新撰組として各地で新政府軍と戦った新八は、当然の如くお尋ね者として追われる身になった。

下国家老は、新八を襲ったのが弾正台の者なのを恐れた。

「はい……」

新八は頷《うなず》いた。

「ならばよいが……」

下国家老は眉を曇らせた。

弾正台が新八の行方を追い、松前藩に眼をつけたとなると、如何《いか》に新政府に与していても無事にはすまない。

下国家老はそれを懸念した。

「御家老、まさか弾正台の手がこの藩邸に……」

新八は緊張した。

「分からぬ。分からぬが、近頃、藩邸の周りを徘徊《はいかい》する見知らぬ者どもが増えたと、藩士たちが申しておってな」

「そうですか……」

松前藩の厚意に縋《すが》り、上屋敷に潜んでいるのも限りがある。

新八は、己の身の振り方を考えた。しかし、新政府が日本全土を征した今、新八が身を潜められる場所は少ない。

数日が過ぎた。

新八は、下国家老に呼ばれた。

「どうだ新八、これからどうするか決めたか」

下国家老は膝を進めた。

「はあ、それがまだ……」

新八は、己の身ひとつ始末できないのを恥じた。

「ならば新八。松前に参らぬか」

「松前……」

「そうじゃ。国許に帰るのだ」

下国家老は自分の策に弾んでいた。

蝦夷・松前……。

藩士だった永倉家の新八が行くのには、格好の処と云えた。

「ですが、如何に国許の松前とはいえ……」

元新撰組副長助勤永倉新八の名は隠しようもない。

「そこでだ新八。その方、養子に参らぬか」

「養子……」

新八は驚いた。

「左様、養子だ」

下国家老は声を弾ませた。

「養子に参って永倉の名を棄てるのじゃ」

「永倉の名を棄てるのは構いませんが。ご家老、私のような者を養子にしてくれる方がいるのでしょうか」

新八は困惑した。

「いる」

下国家老は、既に養子話をまとめてきている。新八は気付いた。

「どなたですか……」

「その方も子供の頃に逢《あ》っている筈だ」

「逢っている……」

「藩医の杉村松柏《すぎむらしようはく》どのだ」

「藩医の杉村どの……」

杉村松柏は、殿さまのお供で江戸に来た時、新八の父・勘次を訪れて酒を酌み交わしていた。

新八は、赤ら顔の医者を思い出した。

松前藩医杉村松柏の養子……。

それが、下国家老が、新八のために考えた策だった。

「左様。杉村松柏の養子となって松前に行くのだ。松前にも新政府の役人はおるが、そこはそれ、我らの先祖代々の地。新八一人、どのようにでも匿える。どうだ」

下国家老は、己の策を誇るように身を乗り出した。

藩医・杉村家の養子になり、松前に行く。

悪い策ではない……。

「ですが、私には医師の心得などまったくありません。杉村どのが何と仰《おつしや》るか……」

新八は躊躇《ためら》った。

「それは心配ない」

下国家老は、自信に溢《あふ》れた笑顔を見せた。

「杉村どのはな、先の戦で嫡男《ちゃくなん》を亡くされてな。医師の心得があるかないかなど、こだわってはおらぬ」

「ですが……」

「新八、その方の亡き父上と杉村どのは昵懇《じっこん》の間柄。友のたった一人の忘れ形見の窮地を見過ごす筈はない」

「はあ……」

下国家老の策は確かなものではなく、あくまでも藩医・杉村松柏の厚意に縋るものでしかなかった。

「で、どうする。松前に行くか」

下国家老は、新八に決断を促した。

新八に選べる道は少ない。

蝦夷・松前……。

父祖の地であり、土方歳三が最後の望みを懸けて戦い、滅び去った処《ところ》だ。

行くか……。

新八は己に尋ねた。

行ってみるのも面白い……。

その時、新八は以前にも同じ感覚を味わったのを思い出した。

六年前の文久《ぶんきゅう》三年（一八六三）二月八日。新八は、試衛館の同志たちと浪士隊として中山道《なかせんどう》を京に上った。

その時に味わった感覚と似たものが、新八に過《よ》ぎった。

同志たちと夢を抱いての旅立ちと、夢破れてたった一人で逃げ落ちる。まったく違う情況でありながら、新八は同じような感覚に包まれたのだ。

「どうした新八」

下国家老は、新八に怪訝《けげん》な眼を向けた。

「行きます」

新八は決めた。

「行くか……」

下国家老は顔を輝かせた。

「はい。杉村どのの養子となり、松前に参ります」

新八は下国家老に頭を下げた。

「新八、よく決心を致した。委細は儂《わし》に任せろ。決して悪いようにはせぬ」

下国家老は胸を叩いた。

蝦夷・松前に行く。

そう決めた時から、新八は上屋敷に籠もり、一歩も外に出なかった。

杉村松柏は、新八を養子に迎えるのに同意した。

新八の松前行きの仕度は、下国家老によって着々と進められた。

新八は思い出した。

過日、市ヶ谷柳町の試衛館に行こうとした自分を尾行した浪人は、伊東甲子太郎《いとうかしたろう》の実弟・鈴木三樹三郎《すずきみきさぶろう》の弟子だったのだ。

水戸《みと》浪士・伊東甲子太郎は、実弟の鈴木三樹三郎たちを率いて新撰組に参加した。

局長の近藤勇は、文武に優れた伊東兄弟の参加を喜び、伊東甲子太郎を参謀、鈴木三樹三郎を副長助勤に据えた。

伊東は新八を気に入り、何かと声を掛けてきた。新八は、付かず離れずの距離を保ち、伊東と付き合った。

伊東の本音は、新撰組の乗っ取りだった。

新撰組を乗っ取り、真の勤王党《きんのうとう》にする。それが、伊東甲子太郎の陰謀だった。

その陰謀には、試衛館以来の同志・藤堂平助も加わっていた。

藤堂さんまで……。

事実を知った新八は、衝撃を受けずにはいられなかった。

近藤と土方に油断はなかった。

乗っ取りが叶《かな》わぬと知った伊東は策を弄《ろう》し、弟・三樹三郎以下十四人の腹心を従えて京東山高台寺に入り、山陵奉行戸田大和守《とだやまとのかみ》に属して御陵衛士《ごりょうえじ》と称した。

伊東は近藤勇暗殺を企《くわだ》てた。

慶応三年（一八六七）冬。

近藤と土方は、逸早く伊東の策謀を見抜き、罠《わな》を仕掛けた。策謀に気付かぬふりをし、伊東を近藤の妾宅《しょうたく》に呼び出したのだ。

伊東甲子太郎は近藤の妾宅を訪れ、歓待を受けた。そして、その帰り、七条油小路で浪士調役の大石鍬次郎《おおいしくわじろう》たちに待ち伏せされ、斬殺された。

近藤と土方の策は続いた。

伊東甲子太郎の死体を油小路に放置し、引き取りに駆けつける御陵衛士の全滅を狙ったのだ。

近藤は、その役目を永倉新八と原田左之助に命じた。

新八と原田は、二十名の配下を従えて出動した。そして、伊東の死体を引き取りに駆けつけた藤堂平助たちに襲い掛かった。

激闘の果て、藤堂平助たちは斬り棄てられ、伊東一派の新撰組乗っ取りの陰謀は瓦解《がかい》した。

以来、伊東一派の生き残りである鈴木三樹三郎は、近藤たちの暗殺を企てた。

だが、近藤、土方、沖田たちは既にこの世から去り、原田はその行方が分からず、残るは永倉新八だけだった。

鈴木三樹三郎にとり、永倉新八は兄・伊東甲子太郎の好意を無にし、同志を無残に殺した憎むべき敵でしかない。

新八を尾行した浪人は、鈴木三樹三郎の弟子だった。当然、その背後には鈴木三樹三郎が潜んでいる。

鈴木三樹三郎は、新八が元松前藩士だと知り、弟子に上屋敷を見張らせていたのだ。

鈴木三樹三郎……。

記憶の中で薄れていた三樹三郎の顔が、その輪郭をはっきりさせてきた。

明治三年（一八七〇）三月。

永倉新八は三十二歳となり、父祖の地である蝦夷・松前に旅立った。

蝦夷は、明治二年に既に『北海道』と名を改めていた。

『北海道』の名は、先住民であるアイヌ民族が、蝦夷地を〝カイノー〟と呼んでいたところから付けられたとされている。

〝カイノー〟は和人たちによって〝北加伊〟とされ、〝北海道〟に転訛《てんか》した。そこには、東海道・東山道・南海道・北陸道・山陽道・山陰道・西海道などと並ぶ北の海道、〝北海道〟の意味もあったと推測される。

江戸時代、蝦夷地は松前藩の福山を中心に渡島《おしま》半島の海岸沿いと留萌《るもい》辺りまでが拓《ひら》かれており、和人が暮らしていた。後に道庁の置かれる札幌《さっぽろ》は、明治以降に拓かれた街であった。

二

蝦夷・松前。

北海道渡島半島の先は、亀田《かめだ》半島と松前半島に分かれている。亀田半島に箱館や湯ノ川があり、松前半島の最南端、箱館から二十五里余りの処に福山（松前）がある。

松前藩は、福山を本拠に蝦夷地を支配した藩である。

蝦夷地を支配したといっても、その範囲は江差《えさし》、松前（福山）、箱館の松前三《さん》湊《そう》を中心にした渡島半島の一部に過ぎない。

藩主蠣崎《かきざき》氏は、豊臣秀吉《とよとみひでよし》や徳川家康《とくがわいえやす》から蝦夷地交易の独占権を授けられて松前藩を成立させた。

松前藩は石高に裏付けられた土地の支配ではなく、アイヌとの交易、砂金、鮭《しゃけ》、鰊《にしん》、昆布《こんぶ》などの商品流通によっての運上金や口銭《こうせん》などで運営される商場《あきないば》知行《ち ぎょう》制《せい》だった。だが、北方問題や箱館開港により、幕府は蝦夷地を直轄地にし、松前藩には陸奥国《むつのくに》や出羽国《でわのくに》の一部を替地とした。これにより、松前藩は初めて石高を持った大名になった。

戊辰戦争が始まった頃、松前藩は奥羽越列藩同盟に加わっていた。だがその後、新政府側となって明治の世を迎えた。

松前藩は、土方歳三率いる旧幕府脱走軍に攻撃され、藩主・松前徳広《のりひろ》を青森に脱出させて降伏した。そして、五稜郭陥落まで旧幕府脱走軍が樹立した箱館政府に支配された。

戊辰戦争が終わり、松前藩は明治新政府の一員として新たな時代を迎えていた。


永倉新八は、蝦夷・松前の地を踏んだ。

蝦夷地唯一の城下町は、松前城を中心にこぢんまりと広がっていた。

新八は、下国家老に誘《いざな》われて養子先である藩医・杉村松柏の家に赴いた。

「よく来た。新八どの……」

杉村松柏は、赤ら顔をほころばせて新八を迎えた。

新八は無沙汰《ぶさた》を詫び、養子に迎え入れてくれた礼を述べた。

「なに、杉村の家も先の戦で跡取りを亡くしてな……」

杉村松柏の嫡男は、榎本たち旧幕府脱走軍との戦で命を落としていた。

「そこに、ご家老からおぬしの養子話だ」

「はあ……」

「江戸詰の永倉さまの御子息なら否やはないと、お受けした次第だ」

「かたじけのうございます」

ここにも親父がいた……。

新八は亡き父・勘次のありがたさを痛感せずにはいられなかった。

松前藩医・杉村松柏の家には、妻と娘のよねがいた。

杉村家の養子となった新八は、名を杉村治備《はるのぶ》（後に義衛《よしえ》）と改めた。

ここに新撰組副長助勤二番隊組長永倉新八の名は消えた。だが、物語は新八の名のまま続けることにする。

松前藩は軍制を改革し、新八は〝小隊曹長《そうちょう》〟となった。


その日、新八はよねの作ってくれた握り飯を腰に結び、箱館・五稜郭に向かった。

松前を出た新八は、福島《ふくしま》から木古内《きこない》に抜け、箱館湾の海岸沿いの道を進んだ。

五稜郭を接収した新政府は、その戦略的・行政的価値を認めず、政府機関を箱館に置いていた。

新八は二十五里余りを二日で歩き、五稜郭の前に立った。

星形の五稜郭は堀割に囲まれ、石垣が組まれている。石垣や土塁《どるい》には、砲弾や銃弾の痕《あと》が刻まれていた。

榎本武揚たち旧幕府脱走軍が、最後の望みを懸けた城……。

土方歳三と袂《たもと》を分かっていなければ、新八も五稜郭で死んでいたかもしれない。

新八は、土方歳三たち新撰組の面々に思いを馳せた。

土方と共に蝦夷・五稜郭の戦いで死んだ新撰組の隊士は十七名いた。その者たちが、何処でどのように戦い、死んでいったかは分からない。今、新八が佇《たたず》んでいる場所で、誰かが討死にした可能性もあるのだ。

風が冷たく吹き抜けた。

歳三の含み笑いが、冷たい風の中に聞こえた。

新八は、市ヶ谷柳町にあった試衛館で歳三と一度だけ立ち合ったことがあった。

木刀での立ち合いは、互いに正眼に構えて始まった。

歳三の構えは、見事なまでに整っており、一分の隙もなかった。

新八は、間合いを詰めて誘った。だが、歳三は後退して間合いを保ち、新八の誘いに乗らなかった。

新八と歳三は、間合いを保ったまま道場を廻った。やがて、新八は間合いを詰めるのを諦め、対峙《たいじ》した。

歳三は冷静な眼差しで、相手が疲れるのと苛立つのを待った。

相手が疲れ、苛立ちが頂点に達して焦りに変わった時、歳三は容赦なく打ち据える。

勝負は焦った方が負ける。

〝勝てる〟と見極めるまで己からは仕掛けない……。

歳三の剣は、粘着性のある〝受け身の剣〟と云えた。

新八には決して好きになれない剣だ。

対峙して四半刻（三十分）が過ぎた。

歳三は、膠着《こうちゃく》状態を楽しむかのように微笑《ほほえ》んだ。

試していやがる……。

新八の頭に血が昇った。だが、猛進《もうしん》するのは辛うじて踏み止まった。

相手が待つなら、こっちも待ってやる……。

新八は開き直り、長期戦の覚悟を決めた。張り詰めていた緊張が消え、何もかもが楽に感じた。

「やめた……」

歳三は苦笑し、木刀を引いた。

「どうした、土方さん」

新八は戸惑った。

「俺の負けだよ」

歳三は、新八の開き直りを敏感に察知し、己の不利を覚《さと》った。

「そいつはまだ分からねえ」

新八は腹立たしさを覚えた。

「所詮《しょせん》、私の剣は剣術。だが、お主の剣は生身《なまみ》の斬り合い……」

歳三は笑いを残し、道場から出て行った。

理屈と感情の違い……。

歳三は、そう云いたかったのかも知れない。

以来、新八は歳三と立ち合うことはなかった。

「土方さん……」

新八は、改めて歳三を懐かしく思えた。

「永倉さんじゃありませんか……」

新八は、背後からの声にそれとなく身構えた。

松前に来て日の浅い新八に知り合いは少ない。そして、〝永倉新八〟の名を知る者はもっと少ない。蝦夷の地で〝永倉新八〟の名を知る者は、寧《むし》ろ新政府の役人に多いかも知れない。

新撰組に恨みを抱く新政府の役人か、それとも鈴木三樹三郎に関わりのある者か。

新八は、油断なく振り向いた。

菅笠《すげがさ》を被《かぶ》った男が、粗末な着物と袴《はかま》をまとって佇んでいた。

敵ではない……。

新八の直感が囁いた。

「ああ、やっぱり永倉さんだ……」

男は菅笠を取り、若々しい顔を見せた。

「おお……」

新八は思わず声をあげた。

若い男は、慶応三年（一八六七）の新撰組隊士募集に応じてきた市村鉄之助《いちむらてつのすけ》だった。

当時十四歳の少年だった市村鉄之助は、局長の近藤と副長の土方の小姓《こしょう》として仕えた。そして、近藤が銃撃された後、土方の小姓として各地に転戦した。

「市村鉄之助か……」

新八の顔が、懐かしさにほころんだ。

「はい」

鉄之助は声を弾ませ、新八に駆け寄った。

「生きていたのか……」

「はい。永倉さんも……」

鉄之助の声に涙が滲《にじ》んだ。

「うむ」

新八は微笑んだ。

「永倉さん……」

鉄之助はその場に座り込み、声をあげて泣き出した。そこには、必死に戦って生きて来た十七歳の少年がいた。

「鉄之助……」

新八は止めなかった。鉄之助が泣くのを止めなかった。

鉄之助は、新八の差し出した握り飯を黙々と食べた。

「何も食べていなかったのか」

「一昨日、路銀が尽きまして、ようやく辿《たど》り着きました」

鉄之助は恥ずかしそうに笑った。

「鉄之助は、土方さんと一緒だったな」

「はい。島田《しまだ》さんたちと一緒にこの五稜郭までお供をしてきました」

「島田もか……」

大垣藩《おおがきはん》脱藩浪人・島田魁《かい》は、新撰組伍長《ごちょう》として働いた男であった。

新八と島田は、新撰組以前からの知り合いであった。神道無念流を学んでいた新八が、稽古に出掛けた心形刀流《しんぎょうとうりゅう》の坪内《つぼうち》道場に島田はいた。

「土方さんと島田たちのこと、話してはくれぬか」

「はい。甲陽鎮撫隊《こうようちんぶたい》が失敗して局長が捕られ、永倉さんたちと別れた後、土方先生と私たちは宇都宮《うつのみや》、白河《しらかわ》、二本松《にほんまつ》、会津で戦って仙台から旧幕府の海軍と合流して蝦夷に渡りました……」

榎本武揚を中心とした旧幕府脱走軍は、箱館政府を樹立した。歳三は陸軍奉行並となり、旧幕府陸軍を指揮下においた。ほかに歳三は、箱館市中取締役と陸海軍裁判局頭取に就任した。だが、戦況は箱館政府にとって決して良いものではなかった。

新政府軍の攻撃は、次第に激しさを増していったのだ。

明治二年（一八六九）四月。

新政府軍は、松前口、二股口《ふたまたぐち》、木古内口の三方から箱館へ進軍した。激戦が繰り広げられ、箱館政府は松前を奪還される。そして、木古内口を護《まも》る大鳥圭介率いる箱館政府軍は、矢不来《やふらい》、続いて五稜郭近くの七重浜まで防衛線を後退させた。

土方歳三は二股口の戦いを指揮し、二度に亘って新政府軍を撃退した。だが、大鳥圭介が七重浜に後退したことにより、分断・孤立する恐れが出て来た。歳三は兵を率い、五稜郭に撤退を余儀なくされた。

五月十一日。

新政府軍は箱館総攻撃を決行した。

陸兵が三方から五稜郭に迫り、丁卯《ていぼう》、朝陽《ちょうよう》、春日《かすが》、飛龍《ひりゅう》、陽春《ようしゅん》、豊安《ぶあん》などの軍艦が、援護の砲弾を叩き込んだ。

箱館政府の箱館守備隊は、弁天台場での籠城を強いられた。

「箱館守備隊には、島田さんや新撰組の皆さんがいたのです」

「島田たちが……」

「はい。それで、土方先生は島田さんたちを救援に行くと決め、私に……」

鉄之助の言葉は、思い出に上ずった。

歳三は、鉄之助に自分の写真と手紙を持たせ、日野《ひの》の庄屋・佐藤彦五郎《さとうひこごろう》の許に使いに行くことを命じた。

日野の佐藤家は、歳三の姉・のぶの嫁ぎ先であり、彦五郎は夫である。母を早く亡くした歳三は、のぶを慕って佐藤家に入り浸っていた。

歳三は、その佐藤家への使いを鉄之助に命じた。

五稜郭から脱出しろ……。

少年の市村鉄之助が、蝦夷地で死ぬのを不憫《ふびん》に思っての命令だった。

鉄之助は使いを断った。だが、歳三は許してくれなかった。

「では先生、私は使いを終えたら戻って来ます。それまで……」

「分かったよ、鉄之助。私は死にはしない」

歳三は笑った。笑って鉄之助に約束した。

鉄之助は五稜郭を脱出し、三ヶ月掛かって日野の佐藤家に辿り着いた。そして、歳三の姉のぶに写真と手紙を渡し、蝦夷に戻ろうとした。だが、すでに歳三は戦死し、箱館政府は滅びた。

鉄之助は鼻水をすすり、話を終えた。

「土方さんが死んだと知り、どうして戻って来たのだ」

「永倉さん、死んだのは土方先生だけなのです」

「土方さんだけ……」

新八は眉をひそめた。

「はい。箱館政府の幹部で死んだのは、土方先生だけなのです。榎本さまも大鳥さまも生き残り、先生だけが死んだのです。それがどうしてなのか、私は知りたい。土方先生だけが、どうして死んだのか知りたくて戻って来たのです」

鉄之助は、悔しげに涙を拭った。

「鉄之助、土方さんはお前を脱出させ、島田たちの救援に向かったのか」

「はい。そして、五稜郭を出て弁天台場に行く途中にある一本木関門での戦いで……」

馬上で指揮を執っていた土方歳三は、銃弾に貫かれてその生涯を閉じた。

そして、弁天台場に籠城していた島田たちは降伏した。その後、島田たちは新政府の捕虜となり、東京に移される。

新八は、共に剣を翳《かざ》して斬り込む島田の大柄な姿を思い浮かべた。

歳三が死んで七日後の明治二年五月十八日。

五稜郭は陥落して戊辰戦争は終結した。

「鉄之助、一本木関門は此処《ここ》から遠いのか」

「いえ。それほどでもありません」

「よし。案内してくれ」

新八は、歳三最期の地に向かった。

五稜郭から一本木関門まで行く間、鉄之助は新八に蝦夷にいる理由を尋ねた。

新八は、近藤や土方たちと別れてから靖共隊《せいきょうたい》を組織し、下野《しもつけ》を転戦した。そして、官軍に追い詰められて江戸の松前藩江戸上屋敷に逃げ込み、蝦夷に来た顚《てん》末《まつ》を話して聞かせた。

「所詮、俺は逃げたのかも知れん」

新八は苦く笑った。

「逃げただなんて、永倉さんは充分に戦ったじゃありませんか……」

鉄之助は、怪訝な眼差しを向けた。

「鉄之助、俺は新撰組から逃げたのかも知れない……」

「新撰組からですか……」

「ああ……」

新八は頷いた。

新撰組は近藤や土方、そして沖田総司や新八たちの同志的結合でできた組織だ。しかし、いつしか新撰組は、近藤のものになり、土方のものになった。

新撰組は変わった……。

新八や原田左之助たちは、それが納得できず、会津公を通して近藤に諫言《かんげん》状《じょう》を出し、やがて土方とも袂を分かった。

蝦夷の荒涼とした風景に人影はなく、風だけが吹いていた。

土方、島田、鉄之助たち新撰組の生き残りは、荒涼たる蝦夷の大地で最後の戦いに挑んで滅んだ。

一瞬、新八の脳裏に淋しさと悔しさが過《よ》ぎった。

風が甲高く鳴き始め、木々の梢《こずえ》が大きく揺れた。

新八と鉄之助は一本木関門に急いだ。

三

木戸門は無残に破壊され、風に揺れる雑草の中に崩れ落ちていた。

一本木関門だった。

「ここで、弁天台場に向かっていた土方先生たちは、官軍に行く手を阻《はば》まれて戦いになったそうです」

雑草が揺れる一帯には、塹壕《ざんごう》の跡と思われる窪地《くぼち》が続いている。

土方歳三は、箱館奪回、弁天台場の島田たちを救出しようと戦い、腹を撃ち抜かれて落馬し、三十五歳の生涯を閉じた。

土方さん……。

新八は呟いた。

冷たい風が雑草を激しく揺らした。

歳三が最後の戦いをした舞台は、余りにも荒涼とした淋しい大地だった。

「それで、土方さんの遺体は何処に埋められているのだ」

「そこまでは……」

鉄之助は、首を哀しげに横に振った。

「知らないか……」

土方がこの一本木関門で戦死した頃、鉄之助は官軍の包囲網を突破しようと悪戦苦闘をしていた。

「でも、官軍が土方先生の御遺体を見つけたとは聞いてはおりません」

「そうだな……」

新八自身、土方の死体に関しての噂は何も聞いたことはない。

土方の死体は、おそらく部下の手によって始末された筈だ。そして、この一本木関門か五稜郭に埋葬されたのだ。

いずれにしろ新政府軍が、歳三の死体を発見したのなら黙ってはいない。板橋で刑死させた近藤勇同様、その首をさらすのに決まっている。だが、新政府は歳三の首をさらしてはいない。

歳三の首は、新政府の手に渡ってはいないのだ。

新八は、新撰組副長土方歳三が埋葬されているかも知れない大地に佇んだ。

風は尽きることなく吹き抜けていた。

「それで鉄之助、これからどうするのだ」

「はい。箱館の町にいた土方先生の知り合いを探してみようと思っています」

「土方さんの知り合い……」

「はい」

「よし。俺も一緒に行こう」

新八は、鉄之助と箱館に向かった。


箱館の町は活気に溢れていた。

アイヌとの交易や海産物の流通は、既に新政府が主体となって行われていた。

箱館の湊《みなと》には何隻もの船が出入りし、町は日ごとに発展していた。

新八は、箱館の町に初めて足を踏み入れた。

町には諸国から人が集まり、さまざまな国の訛《なま》りが賑やかに飛び交っている。

「永倉さん」

鉄之助が、ぬかる道を駆け寄って来た。

「土方さんの知り合い、いたのか」

「はい。こっちです」

鉄之助は来た道を戻った。

新八が続いた。


古い小さな飯屋は、湊の外れにあった。

鉄之助と新八は、板戸を開けて縄暖簾《なわのれん》を潜った。

薄暗い店内では、数人の荷揚人足が遅い昼飯を食べていた。

「あら……」

女の驚いた声が板場の奥からした。

聞き覚えのある声だった。

「永倉さんじゃありませんか」

自分を知っている女が箱館にいた……。

新八は、怪訝な眼差しで板場から出て来る女を見詰めた。

女は、江戸市ヶ谷柳町にあった試衛館を時々訪れていたお仙《せん》だった。

「お仙さん……」

新八は驚いた。

お仙は、歳三の姉の嫁ぎ先である佐藤家に長く奉公した下男の娘だった。お仙は佐藤家の口利きで江戸神楽坂《かぐらざか》の小間物屋に嫁ぎ、主筋になる歳三の世話をしに試衛館を訪れていた。

お仙は歳三の物を洗濯する時、新八の物も一緒に洗ったりしてくれた。

「お久し振りですね」

お仙は笑った。浅黒い顔に白い歯が零《こぼ》れ、眩《まぶ》しく輝いた。

新八が、近藤や土方と京に旅立って以来の再会だった。

「土方さんを追って蝦夷に来たのか」

「ええ。亭主も死んでしまいましてね……」

お仙は神楽坂で小間物屋を営んでいた亭主を病で亡くし、歳三を追って箱館にまでやって来たのだ。

「子供もいないし……」

お仙は、歳三と幼馴染《おさななじ》みであり、心の何処かで慕っていたのかも知れない。

「そうか……」

「永倉さん。よかったら奥で一杯、如何ですか……」

「う、うん……」

新八は頷いた。

熱い酒は、新八の身体にゆっくりと染み渡った。

「さあ、どうぞ……」

新八と鉄之助は、お仙に勧められるまま酒を飲み、北の魚を食べた。そして、お仙も猪口《ちょこ》を一息に空けた。

お仙は変わった……。

蝦夷の冷たく荒い風は、女を変えるのには充分過ぎる。

「それでお仙さん、蝦夷で土方さんには逢えたのか」

「ええ。官軍が総攻撃をする前に……」

お仙は微笑んだ。

「その時、私が先生のお供をして参りましてね。お仙さんにお逢いしたのです」

鉄之助は、焼き魚を食べながら告げた。焼いた白身の魚には脂《あぶら》が乗っており、鉄之助の唇を光らせていた。

「土方さんと逢えたのは、その時だけかい」

「ええ。その時、一度だけ……」

お仙は、土方を思い出すように潤《うる》んだ眼差しを宙に向けた。

歳三はお仙を抱いた……。

新八の直感が囁いた。

お仙は、土方歳三に抱かれるため、北の果てにやって来たのだ。

歳三はお仙に応えた。

お仙の子供の頃からの想いは、ようやく叶えられたのかも知れない。

新八は、お仙の猪口に酒を満たした。

「それでお仙さん、どうして江戸に帰らないんだ」

「えっ……」

お仙は戸惑いを浮かべた。

歳三が戦死した今、お仙が箱館に残っている理由はない。

「何だか面倒になっちまったんですよ。江戸までの長い道中が……」

お仙は猪口の酒を飲み干した。

「でしたらお仙さん、船で帰ればいいじゃありませんか」

鉄之助が、お仙に怪訝な眼差しを向けた。

「船は駄目なんだよ。酔っちまうから……」

お仙は淋しげに笑った。

「じゃあ、しばらくこっちにいるのか」

「ええ。そのつもりですよ」

お仙は歳三一人を北の大地に残して、帰る気になれないのかも知れない。

「ですから永倉さん、箱館に来た時にはいつでも寄って下さいな」

お仙は、新八の猪口に酒を満たした。

太陽は西に傾き始め、風は音を立てて冷たさを増していく。


松前藩の藩医・杉村松柏の屋敷は、武家屋敷街の片隅にあった。

新八は、杉村家の離れで暮らしていた。

「新八さま……」

杉村家の娘・よねが、庭先から声を掛けてきた。

「はい。なんですか」

「お客さまがおみえです」

「客……」

新八は眉をひそめた。

松前に来て日の浅い新八に、訪ねて来るような親しい知り合いはまだいない。

「どのような方ですか」

箱館にいる新政府の役人の中には、京で新撰組に追い廻された者がいても不思議はない。

新八は警戒した。

「市村鉄之助さまと仰る方です」

「鉄之助ですか……」

新八は警戒を解いた。

「はい。新八さまとは京以来のお知り合いだとか……」

よねは眉根を寄せた。

父親の松柏から新八の過去を聞かされて以来、よねは新八の身を心配していた。

「そうです」

新八は微笑んで見せた。

「そうですか……」

よねは安心したように頷いた。

「では、お通し致します」

「ええ。お願いします」

よねは、庭木戸から表に向かった。

あの日以来、鉄之助は箱館のお仙の飯屋に厄介になっている。その鉄之助が、何の用があって松前の新八に逢いに来たのだろうか。

新八は鉄之助を待った。

鉄之助は汗を浮かべ、足の草鞋《わらじ》ずれに血を滲ませていた。

「永倉さん……」

鉄之助は縁側に倒れ込み、息を激しく鳴らした。

「ゆっくり飲みな」

新八は、土瓶《どびん》に汲《く》んであった水を鉄之助に飲ませた。だが、鉄之助は新八の注意にもかかわらず喉を鳴らして水を飲み、激しくむせ返った。

「大丈夫か……」

新八は苦笑し、鉄之助が落ち着くのを待った。

「それでどうした」

新八は、落ち着いた鉄之助に尋ねた。

「永倉さん、古高弥十郎《ふるたかやじゅうろう》という者をご存知ですか」

古高弥十郎……。

新八は不吉な予感に襲われた。

「古高弥十郎は知らぬが、古高俊太郎《しゅんたろう》という男なら知っている」

新八は五年ほど前のことが、遠い昔の出来事のように思えた。

「古高俊太郎ですか」

市村鉄之助は、慶応三年（一八六七）に新撰組に入隊しており、古高俊太郎のことは知らなかった。

「ああ。で、その古高弥十郎がどうしたのだ」

「はい。今度、箱館の弾正台の役人として赴任してきましてね」

「弾正台か……」

「はい」

弾正台は、旧幕府の残徒や政治的陰謀者の摘発を職務とした新政府の警察組織である。その役人として古高弥十郎が赴任してきた。

「それで永倉さん。その古高弥十郎ですが、部下に土方先生の死体を探せと命じたそうです」

「なんだと……」

新八は緊張した。そして、不吉な予感が的中したのを知った。

古高弥十郎は、おそらく古高俊太郎の親類縁者なのだ。そして、古高俊太郎の恨みを晴らそうとしている。

新八はそう読んだ。


古高俊太郎……。

近江《おうみ》の郷士の家に生まれた古高俊太郎は、山城国山科毘沙門堂門跡《やましろのくにやましなびしやもんどうもんぜき》の宮侍だった。

古高は尊王攘夷《そんのうじようい》を唱える梅田雲濱《うめだうんぴん》の弟子となり、倒幕運動に参加した。そして、古道具や馬具を扱う枡屋《ますや》の主《あるじ》として、長州藩《ちようしゆう》のために情報活動と武器調達をした。

元治《げんじ》元年（一八六四）、古高俊太郎は新撰組に捕らえられ、土方歳三の凄絶な拷問《ごうもん》を受けた。

歳三の拷問は情け容赦なく、立ち会っていた新八も思わず顔を背けるほど残酷なものだった。

新八の性格は、そうした歳三の粘着質的な冷酷さを拒否した。

歳三の拷問は続き、古高俊太郎は何もかも白状した。

京を追われていた長州人たちが、御所に火を放って京都守護職の松平容保《まつだいらかたもり》たちを殺害し、天皇を長州に連れ去ろうとの企てを白状したのだ。

新撰組は、その企ての会合が行われている『池田屋』に踏み込み、宮部鼎蔵《みやべていぞう》や北添佶磨《きたぞえきつま》たちを斬殺した。その時、新八は近藤勇、沖田総司、藤堂平助たちと斬り込み、激闘を繰り広げた。

〝池田屋事件〟は、新撰組の名を一躍高めた事件であった。

古高俊太郎は、厳しい拷問を加えた歳三を憎み、呪った。そして、歳三を呪い続けて六角獄《ろっかくごく》で処刑された。

池田屋事件は、鉄之助が新撰組に入隊する三年前の出来事だった。

「それで古高弥十郎は、土方先生の死体を探し出して、首を獄門台にさらして俊太郎の恨みを晴らそうとしているのですか」

鉄之助は蒼《あお》ざめ、微かに声を震わせた。

「ああ。おそらく古高弥十郎は、俊太郎の親類縁者なのだろう」

新八の背筋に冷たい感触が走った。

「どうします」

鉄之助は膝を進めた。

「鉄之助、土方さんの死体が何処に埋葬されているか知る者はいない。古高弥十郎も見つけることはできないだろう」

「ですが、万一……」

鉄之助は焦りを浮かべた。

「鉄之助、どうするかは古高のこれからの動き次第だ」

「永倉さん……」

「鉄之助、土方さんは確かに新撰組の同志だ。だが、正直にいって気が合わなかったし、好きになれぬ男だった」

「だからといって……」

鉄之助は、泣き出さんばかりに顔を歪めた。

「分かっている……」

新八は鉄之助を遮《さえぎ》った。

風が冷たくなった。

鉄之助は肩を落とし、重い足取りで箱館に戻って行った。


土方歳三の首を獄門台にさらす。

新政府の弾正台・古高弥十郎は、その一念で箱館に来た。

従兄《いとこ》の俊太郎を残虐《ざんぎやく》な拷問にかけ、その志を奪い取り、その心を破壊して殺した土方歳三を許すことはできない。

弥十郎は、俊太郎の無念を受け継ぎ、歳三を憎んで呪った。

歳三が、一本木関門で銃弾に倒れたのは間違いない。だが、戦闘の最中、歳三の死体が何処に埋められたかは誰も知らない。

弥十郎は、土方歳三の死体の埋葬地を一本木関門か五稜郭内のどちらかだと睨《にら》み、配下の者たちに探索を命じた。

配下の者たちは、一本木関門と五稜郭に散った。

囲炉裏《いろり》の火は、新八の離れ部屋を照らして暖めた。

新八は迷った。

土方歳三の冷酷さは、決して好きになれるものではない。だが、歳三の冷酷さがなければ、新撰組は成り立たなかったのは事実だ。

歳三は新撰組のために、冷酷非情になったのかも知れない。

新八は、歳三の端整な横顔を思い浮かべた。

「新八さま……」

よねが、戸の向こうから呼び掛けた。

「はい……」

新八は我に返り、よねを囲炉裏の傍《そば》に招き入れた。

「どうかしましたか」

「はい。今日、買物に出かけた時に聞いたのですが、見知らぬ男が二人、新八さまのことを訊き廻っていたそうです」

「俺のことを……」

新八は緊張した。

「はい」

「その男たち、どのような者なのですか」

「内地言葉を使っていたそうにございます」

「内地者……」

鈴木三樹三郎……。

新八の脳裏に鈴木三樹三郎の顔が過ぎった。

鈴木三樹三郎とその仲間が、新八を追って松前に来たのかも知れない。

新八の緊張が募《つの》った。

「新八さま……」

よねは心配げに眉根を寄せた。

囲炉裏の火が隙間風に激しく揺れた。

四

夜明けが近付き、辺りには冷たい朝霧が漂っていた。

新八は離れを出た。

冷えた空気は、新八の身を引き締めた。

新八は、杉村家を出て相手の出方を窺《うかが》うことにした。

「新八、城下にいる限り、お主の身は松前藩が守ってくれる。城下を離れるのは危険ではないかな」

養父の杉村松柏は眉をひそめた。

よねが隣で頷いた。

「お言葉ですが義父上。城下に潜んでいる限り、男たちが何者で何をしようとしているのか分かりません。分からぬ限り、手の打ちようもなく、後手に廻るかと存じます」

「己の身をさらし、相手の正体を摑むか……」

「それしかありますまい」

新八は不敵な笑みを浮かべた。新撰組以来の熱い血が静かに蘇《よみがえ》っていた。

養父の杉村松柏は、新八の企てに頷いた。

翌日の夜明け、新八はよねに見送られて杉村家を抜け出した。

その時、よねは手作りの白いお守りを新八に渡した。

「お守りですか……」

「はい。あまり上手にできませんでしたが……」

よねは、恥ずかしそうに俯《うつむ》いた。

「かたじけない」

「ご無事で……」

よねは大きな眼で新八を見詰め、頬を僅かに赤く染めて囁いた。

新八は、お守りを懐《ふところ》深くに仕舞《しま》い、足早に杉村家を離れた。

新八の背後で朝霧が小さく渦巻いた。


杉村よね。

義父の杉村松柏と下国家老は、いずれ新八をよねの婿に迎えようと考えている。

新八は、目鼻立ちがはっきりし、引き締まった身体つきのよねを思い浮かべた。

不意に、新八の脳裏に違う女の顔が浮かんだ。

京島原《しまばら》の芸妓・小常《こつね》だった。

新撰組時代の新八は、小常を妻として磯子《いそこ》という一人娘をもうけた。だが、鳥羽伏見の戦いの最中、小常は病で世を去り、磯子は小常の姉に引き取られた。以来、新八は転戦に転戦を重ね、一人娘の磯子と逢うこともなく今日まで来た。

朝霧が消え、海の向こうに陸影が見えてきた。

青森の竜飛岬《たっぴみさき》だ。

小常、磯子……。

新八は、竜飛岬の陸影に向かって呟いた。

竜飛岬の陸影は、日差しに煌《きら》めく波頭の奥に霞《かす》んで見えた。

新八は、海岸沿いの道を箱館に向かった。

嗅ぎ廻っている男たちが江戸から来たなら、おそらく箱館に宿をとっている。

新八はそう読んだ。

そして、男たちが新八を見張っているなら、箱館に着く前に襲い掛かって来るに違いない。

新八は、己の身を餌《えさ》にして男たちを誘い出すつもりだ。

誘い出す……。

新八は油小路の一件を思い出した。

殺した伊東甲子太郎の死体を油小路に放置し、鈴木三樹三郎、篠原泰之進《しのはらたいのしん》、藤堂平助たち御陵衛士が来るのを待った。

今度は俺自身が餌か……。

新八は苦笑した。

福島からは山道となり、知内《しりうち》から再び海岸沿いの道になる。

新八は油断なく進んだ。そして、知内を過ぎた時、銃声が鳴り響いた。

新八は岩陰に飛び込んだ。同時に銃弾が新八の潜んだ岩に弾け散った。

新八は素早く身構えた。

銃声は長く尾を引いて消え、辺りには潮騒《しおさい》だけが響いた。

新八は抜き打ちの構えを取り、油断なく辺りの気配を窺った。

潮騒は単調に繰り返し、潮が冷たく新八を包んだ。

刹那《せつな》、新八の潜んだ岩の上に髭面《ひげづら》の男が現れ、咆哮《ほうこう》をあげて斬り掛かってきた。

新八は刀を横薙《よこな》ぎに一閃《いっせん》した。

咄嗟《とっさ》の反射的な抜き打ちは、久し振りに人を斬った手応えを充分に感じさせた。

新八の五体は、一気に熱く燃え上がった。

腹を横薙ぎに斬られた髭面の男は、獣のような絶叫をあげて新八の頭上に倒れ込んだ。

新八は倒れ込む髭面の男を躱し、猛然と岩陰を出た。

辺りに人影はなく、その気配や殺気も感じられなかった。

銃を撃った者はすでにいない……。

新八はそう見定め、髭面の男の許に戻った。

髭面の男の顔に見覚えはなかった。

新八は、素性を突き止めるため、持っている物を調べた。

所持品は、大して金の入っていない財布と煙草入《たばこい》れ、そして『花川戸《はなかわど》・小料理屋花菱《はなびし》』と染め抜かれた手拭《てぬぐい》があった。

〝花川戸〟は東京浅草にある地名だ。

髭面の男は、やはり東京から新八を追って来た者なのだ。

鈴木三樹三郎の放った刺客……。

緊張が新八の五体を貫いた。

波は飛沫《しぶき》をあげて大きくうねり、北の海は荒れ始めた。

箱館の町には槌《つち》の音が響き、日毎に建物が増えていた。

新八は、お仙に迷惑が掛かるのを恐れ、湊近くの居酒屋に入った。

居酒屋は仕事にあぶれた人足たちで、昼間から賑わっていた。

新八は裏口に近い処に座り、追って入って来る者の有無を確かめた。入って来る者はいなかった。

新八は居酒屋の親父に酒を頼み、慎重に様子を窺った。

四半刻が過ぎた。

新たな客は来ない。

新八は居酒屋の親父を呼び、お仙の店に使いを頼んだ。

僅かな時が過ぎ、裏口から親父が鉄之助を連れて来た。

「永倉さん……」

「やあ……」

「どうしたんですか」

鉄之助は、怪訝な眼差しを向けた。

新八は鈴木三樹三郎に狙われ、その刺客に襲われたことを告げた。

「じゃあ油小路の……」

油小路の一件は、市村鉄之助が新撰組に入隊した慶応三年（一八六七）に起きた事件だ。

「ああ。以来、鈴木三樹三郎は俺を狙っているのさ」

「そうでしたか。で、どうします」

「鈴木三樹三郎たちはおそらくこの箱館にいるだろう。それに古高弥十郎もな」

「では……」

鉄之助は眉をひそめた。

「しばらく箱館にいるつもりだ」

「永倉さん、それは余りにも危険です」

箱館には、鈴木三樹三郎たちの他に新政府の役人たちが大勢いる。その中には、古高弥十郎のように新撰組を憎み、恨んでいる者もいるはずだ。

鉄之助は心配した。

「なあに、大人しくしていても狙われるんだ。どうせならこっちから仕掛けてやるさ」

新八は不敵に笑った。

鉄之助は、大胆に敵に斬り込む新撰組副長助勤二番隊組長永倉新八の姿を思い出した。

「それで鉄之助、どこか泊まる処はないかな」

「はあ。私はよくわかりませんので、お仙さんに聞いてみます」

「うん。そうしてくれ」

新八と鉄之助は、暮れ六つ（午後六時）に再び居酒屋で逢う約束をして別れた。


箱館の町には、数軒の旅籠《はたご》と木賃宿《きちんやど》がある。

鈴木三樹三郎たちは、その何処かに逗留《とうりゅう》しているのかも知れない。

新八は己の身をさらし、旅籠や木賃宿を訪ね歩いた。だが、鈴木三樹三郎たちは見つからず、襲って来る様子もなかった。

新八は、箱館の町を歩き廻った。

町には、アイヌや土地の者は無論、諸国から来た者たちが行き交っていた。その中には、追われている者や新天地で一旗あげようとする者たちが多かった。

新八自身、官軍に追われて蝦夷地に逃げて来た一人といえる。

新八は苦笑した。

「退け、退け」

男たちの怒声が、背後から響いた。

新八は素早く脇に寄った。

六尺棒を持った邏卒《らそつ》たちが、戸惑う通行人を突き飛ばして駆け抜けた。

抜身《ぬきみ》を振り翳した男と邏卒が、行く手の路地から闘いながら出て来た。

新八を追い抜いた邏卒たちが、闘いに加わった。

男はお尋ね者なのか、猛然と邏卒に斬り付けた。

切断された右腕が、血を振り撒きながら宙に舞いあがった。

右腕を斬り飛ばされた邏卒が、絶叫をあげて転げ廻った。

邏卒たちは怯《ひる》み、後退りして遠巻きにした。

男はかなりの剣の遣い手だ。

新八は見守った。

男は嘲笑を浮かべ、猛然と邏卒に斬り掛かった。邏卒たちは、包囲の輪を広げて後退した。男は包囲の輪に出来た隙間に走った。行く手で見ていた野次馬が、悲鳴をあげて逃げ惑った。

「邪魔だ。退け」

男は怒鳴り、行く手で逃げ惑う女に斬りつけた。刹那、男は弾かれたように倒れた。

新八が女を庇《かば》っていた。

「おのれ……」

男は新八に憎悪の眼差しを向け、刀を構え直した。

新八は身構え、男と対峙した。

その時、男の背後に邏卒たちの上官が現れた。そして、無言のまま男の背中を無造作に斬った。

一瞬の出来事だった。

男は驚いて仰《の》け反《ぞ》り、膝をついた。

邏卒たちが殺到し、男を六尺棒で乱打した。

男は絶望的な叫びをあげ、頭を抱えて地面を転げ廻った。

「早々に引き立てろ」

男を斬った邏卒の上官が嘲笑を浮かべた。

邏卒たちは血にまみれた男を引きずり起こし、乱暴に引き立てて行った。

捕物騒ぎは終わった。

新八はその場を離れようとした。

「待て……」

邏卒の上官が新八を呼び止めた。

「俺か……」

新八は立ち止まり、静かに振り向いた。

配下の邏卒が、何気なく新八の背後を固めた。

「名を聞かせて貰おう」

邏卒の上官は、薄笑いを浮かべて新八に対峙した。

見覚えのある顔……。

新八は僅かに戸惑った。

「名は……」

邏卒の上官の言葉に厳しさが含まれた。

「松前藩士杉村義衛だ」

新八は、養子先の新しい名を名乗った。

「松前藩の方か……」

「左様……」

「松前藩の方にしては江戸言葉ですな」

上官は嘲《あざけ》りの滲んだ眼を向けた。

「長い間の江戸詰でな。最近、国許に戻って来たばかりだ」

新八は苦笑して見せた。

「成る程……」

上官は新八に背を向け、立ち去ろうとした。

「待て……」

新八は呼び止めた。

邏卒の上官はゆっくりと振り返った。

「お主の名は……」

「弾正台の古高弥十郎」

古高弥十郎……。

新八に緊張が湧いた。

古高弥十郎は新八を鋭く一瞥《いちべつ》し、配下の邏卒を従えて立ち去っていった。

古高弥十郎……。

土方歳三の死体を探し出し、その首を獄門台にさらそうとしている男だ。

見覚えがあったのは、弥十郎が歳三の凄まじい拷問に耐え切れなかった古高俊太郎に何処となく似ていたからだった。

古高弥十郎が立ち去り、往来には喧騒が戻った。

新八は、再び旅籠や木賃宿を訪ね歩いた。だが、鈴木三樹三郎たちを見つけることはできなかった。

箱館にはかつての倒幕派の者たちが、新政府の役人として大勢赴任している。当然、鈴木の知り合いもいる筈だ。鈴木たちは、そうした者の屋敷に逗留している可能性もある。だとしたら、容易に見つかる筈はない。

出て来るのを待つしかない……。

新八は探すのを止め、夕暮れの町を居酒屋に向かった。


窓から射し込む夕陽は、部屋一杯に溢れていた。

松前藩士杉村義衛……。

古高弥十郎は、名を訊いた時、杉村義衛の浮かべた戸惑いを思い出した。

何故だ……。

古高弥十郎は思いを巡らせた。

ひょっとしたら、従兄の古高俊太郎を知っている者なのかも知れない。

従兄の俊太郎とは、顔がよく似ていると云われていた。

古高弥十郎は、配下の邏卒頭・大木重蔵《おおきじゅうぞう》を呼んだ。

「土方歳三の死体はどうなっている」

「一本木関門を調べておりますが、今のところはまだ何も……」

大木重蔵は、言い訳をせずに頭を下げた。

「よし。引き続き探索を続けろ」

「はい」

「それから大木、配下の者に松前藩士の杉村義衛なる者を調べさせろ」

「杉村義衛ですか……」

「うむ。かなりの剣の遣い手だ」

弥十郎は、新八がお尋ね者の男をあしらった様子を思い出していた。

「その素性をな……」

弥十郎の横顔に冷酷さが過ぎった。

夕陽はすでに赤味を失い、部屋は薄暗さを増していた。


夜の居酒屋は混んでいた。

新八と鉄之助は、片隅で酒を酌み交わしていた。

「大森浜《おおもりはま》近くの竜尊寺《りゆうそんじ》か……」

「はい。竜尊寺の住職は神田《かんだ》生まれで、信用できる方だそうです」

大森浜は箱館の東南に位置し、津軽海峡に面した浜辺である。

お仙は、その大森浜近くにある竜尊寺を訪ねるように云ってきた。

「分かった。ところで鉄之助、古高弥十郎に逢ったぞ」

「古高弥十郎に……」

鉄之助は顔を強張《こわば》らせ、手にしていた茶碗酒を置いた。

「ああ」

「どうでした」

鉄之助は身を乗り出した。

「古高俊太郎の従弟だけあって顔は似ていたよ」

新八は苦く笑った。

「それで、古高は永倉さんのことを……」

「新撰組の永倉新八だとは、気付かなかったようだ」

「では……」

「うん。松前藩士杉村義衛と名乗ったよ」

「そうでしたか……」

「鉄之助、あの古高弥十郎なら本当に土方さんの死体を掘り出し、首をさらしかねないぜ」

「やっぱり……」

鉄之助は、強張った面持ちで喉を鳴らした。

「ああ。油断のならない野郎だ」

「永倉さん……」

鉄之助は、今にも泣き出さんばかりの顔になった。

「安心しろ鉄之助。古高の野郎に土方さんの首は渡さねえ」

新八の言葉は、新撰組副長助勤に戻っていた。

「永倉さん……」

鉄之助の声が弾んだ。

「鉄之助、土方さんは元々冷てえ非情な人ではなく、新撰組での立場が土方さんを非情にしたのだ」

新八は、己に言い聞かせるように告げた。

「新撰組は近藤さんの力は云うに及ばず、土方さんの策がなければ隊としての結束も図れず、行動を起こすこともできなかった。新撰組を作ったのは、近藤さんというより、土方さんなんだよ」

「永倉さん……」

「土方さんは、新撰組を作り、守り育てるために非情になった。俺は今になってようやくそいつに気が付いたのさ」

新八は、湯呑茶碗の中の冷えた酒を飲み干した。

「そんな土方さんの死体を暴き、首をさらすのは、俺たちが命を懸けた新撰組に泥を塗り、恥をさらすことになる。そんな真似をさせたら、土方さんは無論、近藤さんたち死んでいった者たちに俺は逢わせる顔がねえ」

新八は苦く笑った。

「永倉さん、では……」

「ああ。土方さんの首は渡さねえ」

新八は不敵に笑った。

「土方さんも俺たちと同じように云いたいことを云い、思いっ切り暴れたかったのかも知れねえな」

だが、土方歳三はそれを抑え、冷たく非情な自分を演じて新撰組を築いたのだ。

土方は新撰組に尽くした。

新八は、己の考えの至らなさを恥じた。

鉄之助は項垂《うなだ》れて鼻水をすすり、飯台に涙を落とした。

新八は、居酒屋の親父に酒を頼んだ。

箱館の夜は、夏が近付いたというのにまだ寒さを感じさせた。


夜の盛り場には、酒に酔った男女の嬌声《きようせい》が賑やかに飛び交っていた。

居酒屋を出た新八は、男女の嬌声を背にして盛り場を抜けた。鉄之助はすでに裏口から帰した。

新八は、油断なく辺りを窺いながら大森浜に急いだ。

箱館の町を抜けると、大森浜の潮騒が聞こえてきた。新八は、月明かりに浮かぶ田舎道を急いだ。

背後に微かな足音がした。

新八は、歩調を崩さずに背後を窺った。

背後の闇が僅かに歪んだ。

敵……。

新八は、歩みを止めて振り返った。

背後の闇が大きくふくらみ、圧倒的な殺気を放って迫って来た。

一人、二人、三人……。

闇から現れた敵は三人。

おそらく箱館の町から追って来たのだ。

やはり、監視されていた。

新八は五体の筋肉を緊張させ、次に自然体に緩めた。忘れ掛けていた闘争本能が、ゆっくりと湧き上がってきた。

三人の敵は刀を抜き、猛然と新八に殺到した。

新八は待っていたかのように、三人の敵に向かって地を蹴った。

三人の敵は新八が逃げると思っていたのか、戸惑いを浮かべて立ち止まった。

新八は構わず走った。

三人の敵は、素早く迎え撃つ態勢を取った。

両者の立場は、一気に逆転した。

攻撃を受ける新八が攻め、仕掛けた者が護りになったのだ。

斬り合いの実戦経験は、新撰組副長助勤の永倉新八に勝る者はいない。闘いの駆け引きは、新八が一枚も二枚も上手だった。

新八は、三人の敵の中央の男に抜き討ちに斬り付けた。中央の男は辛うじて躱した。新八はそのまま三人の背後に駆け抜けた。そして、振り向いた左端の男に刀を一閃した。左端にいた男は袈裟懸《けさが》けに斬られ、血を振り撒いて前のめりに倒れた。

残った二人の男は、己を奮い立たせるような雄叫《おたけ》びをあげて新八に斬り掛かった。

新八は猛然と斬り込み、真ん中にいた男に体当たりをした。男は弾き飛ばされ、体勢を崩した。新八は一気に間合いを詰め、刀を横薙ぎに閃《ひらめ》かせた。男は首の血脈から血を噴出し、くるりと廻って倒れた。

三人目の若い男は恐怖に駆られ、身を翻《ひるがえ》して逃げようとした。

新八は逃がさなかった。素早く追い縋り、逃げる若い男の右脚を斬り裂いた。

若い男はもつれるように倒れ込んだ。

新八は、倒れた若い男に刀を突き付けた。

若い男は血の流れる右脚を引きずり、後退《あとずさ》りした。見覚えのない顔だった。

「何故、俺を狙う」

「頼まれた……」

若い男は右脚の激痛に顔を歪め、声を絞り出した。

「何処の誰にだ」

「三木三郎という奴に一両で雇われた」

三木三郎……。

新八は懐かしい名を聞いた。

鈴木三樹三郎は、常陸《ひたち》志筑《しづく》藩《はん》藩士鈴木家の次男に生まれ、養子に出された。だが、酒に溺れて離縁された。三樹三郎は鈴木家に戻るのを望んだが許されず、兄の伊東甲子太郎と新撰組に入った時は、〝三木三郎〟と名乗っていたのだ。

刺客を金で雇ったのは、やはり鈴木三樹三郎なのだ。

「その三木三郎は何処にいる」

「知らぬ……」

三樹三郎は、若い男たちが逗留する木賃宿に現れ、一人一両で三人の男を刺客に雇った。

「嘘はついていねえだろうな」

新八は苦笑した。

「ああ。首尾よくお主を斬ればあと十両貰えた……」

若い男は、悔しげに吐き棄てた。

新天地蝦夷に一旗あげに来て食い詰めた侍は、掃いて棄てるほどいる。一両や二両の金で刺客を引き受ける者がいても何の不思議もない。

「お前、名は何ていうんだ」

「森川伝七郎《もりかわでんしちろう》……」

「言葉からすると江戸者のようだが……」

「牛込《うしごめ》の生まれだ」

森川伝七郎は汚れた手拭を出し、右脚の血止めを始めた。

「じゃあ、旗本か御家人か……」

「上野のお山で尻尾《しっぽ》を巻いた貧乏御家人のなれの果てだ」

森川は己を嘲笑った。

「牛込の生まれなら試衛館を知っているか」

「試衛館って新撰組の試衛館か」

「そうだ」

「まさかお主……」

森川は眼を見張った。

新八は森川に笑みを投げ掛け、大森浜に向かって歩き出した。

新撰組の生き残り……。

森川は呆然《ぼうぜん》と見送った。

新八の身体は、久し振りの斬り合いに熱く高揚し、冷たい潮風が心地よかった。

第二章　復讐鬼

一

大森浜には大きな波が打ち寄せていた。

竜尊寺の屋根は夜露に濡れ、月明かりに輝いていた。

小さな古い寺だった。

新八は庫裏《くり》を訪れ、戸口越しに声を掛けた。

「御免……」

庫裏から返事はなかった。

新八は再び声を掛けた。だが、返事はやはりなかった。

新八は腰高障子の戸を開けた。

庫裏には誰もおらず、囲炉裏《いろり》に掛けられた鍋から湯気が揺れていた。

「御免……」

新八は、庫裏の奥に声を掛けた。

「どなたかな……」

肥った初老の住職が奥から現れた。

「御住職ですか……」

「左様だが、お仙の口利きで来た御仁だな」

「はい」

「うむ。暖まりなさい」

初老の住職は、新八に囲炉裏の火を勧めた。

新八は草鞋《わらじ》を脱ぎ、囲炉裏の傍に座った。

「私は松前藩士杉村義衛と申します」

「儂《わし》は良庵《りょうあん》だ」

良庵は、囲炉裏に置いてあった土瓶《どびん》の湯を湯呑茶碗に満たし、肥った身体を伸ばして新八に差し出した。

「いただきます」

新八は湯を飲もうとした。酒の匂いが漂った。

新八は戸惑った。

「身体が暖まる」

良庵は新八の戸惑いを見透かし、笑みを浮かべた。

「はい」

新八は酒を飲んだ。酒は冷えた身体に温かく染み渡った。

「人を斬ってきたな」

良庵は、新八を鋭く一瞥《いちべつ》した。

「はい……」

新八は茶碗を置いた。

「血の臭いがしましたか……」

「うむ」

肥った容貌《ようぼう》に似合わない鋭さは、その素性を垣間《かいま》見せた。

「私を恨んでいる者がいましてね。金で雇った刺客を放ってくるのです」

「降り掛かる火の粉か……」

「恨んでいる本人が来てくれれば、無駄に人を斬ることもないのですが」

「出て来ぬか……」

良庵は苦笑した。

「はい」

「ならば、仕方がないな」

良庵は土瓶の酒を湯呑茶碗に注ぎ、飲み干した。

新八も酒を飲んだ。

「強いのだな」

良庵は酒臭い息を吐いた。

「どうにか生きてこれました」

新八の脳裏に、闘い抜いてきたさまざまな修羅場が過《よ》ぎった。

「生きてこれたか……」

「はい」

新八は頷いた。

良庵は、新八の湯呑茶碗に酒を満たした。

「お仙とは、どのような関わりだ」

「昔の同志が、お仙さんと親しい間柄でして……」

新八は歳三の顔を思い出した。

「昔の同志……」

「はい」

「その昔の同志とは、ひょっとしたら一本木関門の戦《いくさ》で死んだ男か……」

良庵は太い眉をひそめた。

「はい……」

新八は良庵を見詰めて頷いた。

良庵は、一本木関門で戦死したお仙の知り合いが土方歳三だと知っている。そして、歳三の同志だったという新八が、新撰組の生き残りだと知った。

「昔の同志か……」

良庵の眼に、懐かしげな輝きが浮かんで消えた。

神田の生まれの良庵は、元は旗本か御家人なのかも知れない。

新八は、良庵の素性をそう見た。

「何分にも、北の果ての貧乏寺だ。作造《さくぞう》という寺男がいるだけで、何もしてやれぬが。それでもよければ、裏の家作《かさく》を好きなだけ使うがよい」

良庵は、逗留《とうりゅう》を許してくれた。

「かたじけのうございます」

風が唸《うな》り、潮騒《しおさい》が響いた。

新八は静かに酒を飲んだ。

家作とは名ばかりの小屋だった。

三畳の板の間に、三坪ほどの土間があるだけの家だ。

新八は竈《かまど》に火を熾《おこ》し、粗末な蒲団にくるまって眠った。

翌朝、新八は聞き覚えのない声に起こされた。

「杉村さま。朝飯の仕度ができています」

新八に声を掛けてきた初老の男は、寺男の作造だった。

「寺男の作造さんか……」

「へい」

作造は、新八に親しげな笑みを見せた。

新八は井戸端で顔を洗い、庫裏に入った。

庫裏に良庵の姿はなく、囲炉裏端に朝飯が仕度されていた。

「ご住職は……」

「お出掛けになりました」

「そうか」

作造は、湯気の立ち昇る汁を新八の前に置いた。

「いただきます」

新八は朝飯を食べ始めた。

麦飯に脂の乗った焼き魚、熱い汁には鮮やかな緑のわかめがたっぷり入っていた。

「美味《うま》いな」

「そりゃあもう。今朝、採ってきたばかりのわかめですから……」

作造は嬉しそうに笑った。

「そういえば作造さん、昨夜はいなかったね」

「へい。ちょいと出掛けておりまして……」

作造は笑みを消した。

「ほう、何処《どこ》に……」

「そいつは……」

作造は言葉を濁し、そそくさと外に出ていった。

拙《まず》いことを訊いたのか……。

新八は怪訝《けげん》に見送った。

昨夜、作造は新八に知られてはならない処に出掛けていた。

新八はそう睨《にら》み、朝飯を食べ続けた。

作造の作った朝飯は美味かった。


土方歳三の首を古高弥十郎に渡してはならない。だが、歳三の首が、何処にあるのかは誰も知らない。

古高弥十郎より先に歳三の首を見つけるか、発見された歳三の首を奪い取るしかない。

おそらく古高は、一本木関門と五稜郭城内を部下に調べさせている筈だ。

新八は微かに焦りを感じた。

とにかく、古高弥十郎の動きを見定めなければならない。

新八は笠を被《かぶ》り、箱館に急いだ。

田舎道は真っ直ぐ続き、左右に連なる雑木林の間から見える空は何処までも蒼く、白い大きな雲が浮かんでいた。

雄大で長閑《のどか》な風景だった。

箱館弾正台の表には、二人の邏卒《らそつ》が厳しい面持ちで立ち番をしていた。

新八は、斜向《はすむ》かいの路地に鉄之助が潜んでいるのに気付いた。

下手《へた》な見張りだ。

新八は苦笑し、鉄之助の眼の前をのんびりと通り過ぎた。その時、新八は僅かに笠をあげてみせた。

「永倉さん……」

鉄之助は驚き、慌てて新八を追って来た。


「古高弥十郎は弾正台に入ったままなのか」

「はい。土方先生の死体、探しに行かないようです」

鉄之助は、古高弥十郎を見張り続けていた。

「鉄之助、古高弥十郎を見張っていても無駄だよ」

「無駄……」

鉄之助は驚いた。

「ああ。土方さんの死体は、古高が配下に命じて探させているのに決まっている」

「そうか……」

鉄之助は落胆し、己の読みの甘さを恥じた。

「行くぞ」

新八は苦笑し、鉄之助を促した。

「何処にですか」

「一本木関門から五稜郭だ」

新八は笠を被り、一本木関門に急いだ。鉄之助は、手拭で頬被《ほっかむ》りをして続いた。

箱館から北に進むと五稜郭があり、その間に一本木関門がある。

新八と鉄之助は急いだ。

「それで竜尊寺はどうでした」

「泊めて貰えることになったよ」

「それはよかったですね」

「鉄之助、竜尊寺の住職、良庵どのといってな。元は侍だ」

「侍ですか」

「ああ、神田の生まれだ。きっと旗本か御家人だったと思う」

「永倉さんの素性、気付いているのですかね」

「きっとな。土方さんのことも知っていた」

「土方先生のことも……」

「ああ。お仙さんが話したのかも知れぬが。お仙さん、どうしている」

「今朝、私が起きた時には、もう出掛けていていませんでしたよ」

お仙は、今朝早く出掛けた。

新八は、竜尊寺の住職・良庵も今朝早く出掛けたのを思い出した。

一本木関門が近付いた。

荒涼とした大地には、砲弾が抉《えぐ》った穴と塹壕《ざんごう》の跡があり、雑草に覆《おお》われていた。

人影が動いていた。

「永倉さん……」

鉄之助が緊張した。

「うむ」

新八は木陰に潜み、人影の動きを見守った。

人影は弾正台の邏卒たちだった。邏卒たちは、土地の者の案内で辺りを調べ、人足を使って掘り返していた。

土方歳三の死体を探す邏卒たちだった。

「古高弥十郎の配下だ」

新八は吐き棄てた。

辺りは、破壊された一本木関門を中心に既に何ヶ所も掘り返されており、邏卒たちの捜索は続いていた。

「どうします」

鉄之助の声は微かに震えていた。

「様子を見守るしかあるまい」

「そうですよね。奴らは土方先生の顔を知りません。簡単に見つけられる筈、ありませんからね」

鉄之助は声を励まし、湧きあがる不安を隠した。

土方歳三が戦死してかなりの時が過ぎている。その顔は既に腐敗し、新八や鉄之助にも見分けがつく筈はない。

「鉄之助、顔は見分けがつかなくても、身許は突き止められる」

新八は冷静に告げた。

死体が身に付けている軍服や長靴、所持品から身許は推測・断定できるのだ。

「箱館政府の幹部で戦死したのが土方さん一人なら、いくら顔が分からなくても軍服で分かる筈だ」

「永倉さん……」

鉄之助は眉を歪《ゆが》め、今にも泣き出さんばかりの顔になった。

新八は、邏卒たちの動きを見守った。

邏卒たちの捜索は次第に範囲を広げ、それは五稜郭城内にも及ぶだろう。

土方歳三の死体が、もし埋葬されたならいつか必ず発見される。

新八は、古高弥十郎の執念と怨念の深さを思い知らされた。


松前は、さまざまな交易を新政府の支配する箱館に移され、城下は日毎に賑わいを失っていた。

よねが買物から戻って来た時、門の外から屋敷を窺《うかが》う見知らぬ男がいた。

父親・松柏の許に来た急な病の患者かも知れない。

「あの……」

よねは、男に背後から声を掛けた。

男は微かに怯《ひる》み、そそくさと立ち去って行った。

患者ではない。

「お父上……」

よねは屋敷に駆け込んだ。


「見知らぬ男……」

松柏は眉をひそめた。

「はい。門の外から屋敷を窺っていました」

よねは息を弾ませた。

「そうか……」

「旦那さま……」

松柏の老妻が、心配げに眉根を寄せた。

「うむ。藩の役人に聞いたのだが、箱館の弾正台から我が家に関する問い合わせがあったそうだ」

「弾正台から……」

松柏の老妻は微かに震えた。

「うむ。おそらく新八。いや、義衛のことを知りたがっているのであろう」

「では、屋敷を窺っていた男は、弾正台の者なのですか」

よねは厳しい面持ちになった。

「きっとな……」

松柏は頷いた。

「それで父上。藩のお役人は、弾正台になんと……」

「心配いらぬ。義衛の素性を知っているのは、ご家老の下国さまをはじめ僅かな者たちだ」

「では……」

「多くの者は、江戸の藩邸から参った下国さまの遠縁の者としか聞かされておらぬ」

松柏は落ち着いていた。

よねは安心したのか、小さな吐息を洩らした。

古高弥十郎配下の邏卒頭・大木重蔵は、よねに見咎《みとが》められた男の報告を受けていた。男は密偵の粂吉《くめきち》だった。

「そうか、杉村義衛を知る者はほとんどいないのか」

「はい。杉村家の周りの屋敷にそれとなく聞き込みを掛けたのですが……」

粂吉は悔しげに顔を歪めた。

「ま。松前に来てまだ日も経っておらぬ。余り知られていないのも、無理はないかも知れぬが。松前藩が云うように、家老の下国東七郎の遠縁の者とも素直に思えぬ」

大木の眼は疑いに満ち溢《あふ》れていた。

「今しばらく調べてみます」

粂吉は膝を進めた。

「うむ……」

大木は頷いた。

刺客の襲撃は悉《ことごと》く失敗した。

鈴木三樹三郎は、弟子の前田《まえだ》五郎《ごろう》を前に苛立ちを露わにしていた。

弟子の前田五郎は、試衛館に行こうとした新八を襲撃した男だった。

「先生、こうなれば最早《もはや》、弾正台の手を借りるしか……」

「前田、儂は永倉新八を生かして捕らえる気などない。殺して兄者たちの恨みを晴らすだけだ」

三樹三郎はいきり立った。

「だったら三樹三郎、刺客など雇わず、己の手で永倉を斬ったらどうだ」

屋敷の主《あるじ》の柴崎孝太郎《しばさきこうたろう》が、皮肉な笑みを浮かべて入って来た。

柴崎孝太郎は、新政府の内務省箱館支部に出仕する官吏だった。鈴木三樹三郎とは、鳥羽伏見の戦いで一緒に新撰組と戦った仲だった。

鈴木三樹三郎と弟子の前田五郎は、松前に入った永倉新八を追って蝦夷に渡り、柴崎の屋敷に草鞋を脱いでいた。

「お主も永倉と同じ神道無念流の剣を学んだ者であれば、堂々と勝負をしたらよい」

柴崎は冷たく言い放った。

「それとも勝てる筈はないと、立ち合う前に臆《おく》したか」

「柴崎……」

図星をつかれた三樹三郎に、返す言葉はなかった。

「先生……」

前田はうろたえた。

「ま、決めるのはお主だ」

柴崎は笑いながら出て行った。

「おのれ……」

三樹三郎は屈辱にまみれ、怒りに震えた。


一本木関門跡地は、邏卒と人足たちが箱館に帰り、静けさを取り戻した。

邏卒たちは、掘り返した穴を埋め戻さなかった。

新八と鉄之助は、掘り返された穴を覗いた。

穴の中には、泥に塗《まみ》れた腐乱死体や錆《さ》び付いた刀があった。

歳三と共に戦った旧幕府脱走軍の兵士の遺体だった。

無残な光景だった。

志を抱いて戦い、敗れ、哀しく眠っていた死者。

そうした死者の墓を暴き、さらしたままに放置する邏卒。

新八は、怒りと哀しみに胸を熱くした。

死者は共に戊辰戦争を戦った戦友であり、新八自身だった可能性もあった。

新八は、掘り返された穴を素手で埋め直し始めた。

「永倉さん……」

鉄之助は思わず怯んだ。

「そんな真似をすると邏卒が不審に思い、私たちのことが……」

「その時はその時だ……」

新八は黙々と穴を埋めた。

「永倉さん……」

鉄之助は、新八の哀しさと怒りを知った。

新八は黙々と穴を埋めた。

鉄之助は気付いた。

死者は各地を転戦し、一緒に蝦夷に来た同志なのだ。

あの時、土方歳三に江戸への使いを命じられなかったら、自分も穴の底で眠っていたかも知れない。

鉄之助は怯んだ己を恥じ、新八と共に穴を埋め始めた。

穴は埋め戻され、死者は再び眠りに就いた。

新八は、埋め終わった穴に錆びた刀を墓標のように突き立てた。

無念……。

新八は手を合わせた。

胸に熱いものが過ぎった。

日暮れが近付き、風が草木を揺らし始めた。


新八は鉄之助と別れ、大森浜の竜尊寺に戻った。

庫裏から明かりが洩れていた。

新八は庫裏の戸を叩いた。

良庵の返事があった。

新八は戸を開け、庫裏に入った。

良庵と作造、そしてお仙が囲炉裏を囲んでいた。

新八は、微かな違和感を覚えた。

「只今《ただいま》、戻りました」

「うむ。さあ、あがりなさい」

良庵は、新八を囲炉裏端に招いた。

「やあ、お仙さん……」

お仙は微笑《ほほえ》み、軽く会釈をした。

今朝早く、鉄之助が起きる前に出掛けたお仙は、出先から竜尊寺に来たのか。

「杉村さま、夕餉《ゆうげ》は……」

作造が腰を浮かした。

「まだだ」

「では、すぐに……」

作造は台所に立った。

お仙は、囲炉裏の端に置いてあった土瓶の酒を湯呑茶碗に満たし、新八に差し出した。

「どうぞ」

「かたじけない」

新八は礼を述べ、湯呑茶碗の酒を飲んだ。

新八が微かに覚えた違和感は、良庵たち三人の間に通う親しさだった。

住職の良庵と寺男の作造、そしてお仙。

新八は、三人の親しさに奇妙な違和感を覚えたのだ。

「如何《いかが》ですか、蝦夷は……」

「流石《さすが》に広々しているな」

「今日は何処に……」

「箱館から一本木関門跡に行ったよ」

「一本木関門跡……」

笑みを浮かべていた良庵が、厳しい眼差しを新八に向けた。

「ええ……」

「あんな処に何しに……」

「ちょいと調べたいことがありましてね」

「調べたいことか。で、何か分かったかな」

良庵の眼に僅かな侮《あなど》りが過ぎった。

「ええ。邏卒が人足を使ってあちこちを掘り返していました」

新八は酒をすすった。

良庵とお仙は顔を見合わせた。瞬間、微かな動揺が行き交った。

新八は見逃さなかった。

「お待たせしました」

作造が夕餉を持って来た。

焼き魚と野菜の煮物、そして味噌汁だった。

「こいつは美味そうだ。戴きます」

新八は、湯気の立つ味噌汁をすすった。


「それでは、お仙さんを送って参ります」

作造は提灯《ちょうちん》に火を灯した。

「うむ。作造、帰るのが面倒だったらお仙の処に泊めて貰いなさい」

「へい。では……」

「じゃあ和尚《おしょう》さま、杉村さん……」

「気を付けてな」

良庵と新八は、作造とお仙を見送った。

二人は、提灯の明かりと共に箱館に向かって行った。

「作造さん一人で大丈夫ですか」

蝦夷地には女が少なく、手込め目的で襲われることが多い。

「心配あるまい」

良庵は囲炉裏に粗朶《そだ》をくべた。

炎が勢いよく躍りあがった。

二

掘り返した穴が埋め戻され、錆びた刀が墓標のように立てられていた。

何者の仕業《しわざ》なのか……。

邏卒の報告を受けた古高弥十郎は、思いを巡らせた。

旧幕府脱走軍の生き残りの者か、新政府に反抗する者。それとも、単に死者を悼《いた》む者の仕業なのかは分からない。

旧幕府脱走軍の生き残り……。

古高には、何故かそう思えた。

それは、墓標のように突き立てられた錆びた刀のせいなのかも知れない。

挑戦……。

旧幕府脱走軍の生き残りが、自分の意図を見抜いて挑戦してきている。

古高の思いはそこに行き着いた。

誰が邪魔をしようが、歳三の首はさらしてやる……。

古高は、邏卒たちに土方歳三の死体の発見を急がせた。

新八と鉄之助は、一本木関門跡を掘り返す邏卒たちを密かに監視した。

邏卒たちは警戒を厳重にし、作業を急いだ。だが、土方歳三の死体を発見することはできずにいた。

邏卒たちはその日の捜索を終え、人足たちを従えて箱館に戻って行った。

掘り起こした穴は、相変わらず埋め戻されないままだった。

「永倉さん……」

鉄之助は、悔しげに眉をひそめた。

新八は黙って手を合わせた。

今、穴を埋めに出て行けば、物陰に身を潜めている邏卒たちが殺到して来るのは眼に見えている。

新八と鉄之助が穴を埋め戻して以来、邏卒たちの密かな監視が始まった。

新八は、穴を埋め戻すのを止めざるを得なかった。だが、止めた分だけ、新八の闘志は燃え上がった。

夕暮れ時。
新八は箱館の町で鉄之助と分かれ、大森浜の竜尊寺に向かった。
尾行者はいない。
新八は油断なく周囲を警戒し、町外れに差し掛かった。
行く手の木陰に若い男が佇《たたず》んでいた。
新八は立ち止まり、薄暗い木陰を誰何《すいか》した。
「やあ……」
木陰にいた男は、新八に親しげな声を掛け、右脚を引きずりながら近付いて来た。
男は、新八を知っていて待っていた。だが、新八に心当たりはなかった。
何者だ……。
新八は辺りの気配を窺った。
辺りに人が潜んでいる気配はなかった。
男は一人。
新八は、抜き打ちに斬り棄てる構えを取った。
「そいつは勘弁して下さいよ」

男の苦笑混じりの声が響いた。そこに殺気は感じられない。

新八は、右脚を引きずって近付いて来る男の顔を見定めた。

以前、鈴木三樹三郎に金で雇われて新八を襲撃し、右脚を斬り裂かれた森川伝七郎だった。

「お前さんか……」

「ええ。森川伝七郎ですよ」

伝七郎は、新八の間合いに躊躇《ためら》いもなく入って来た。

敵意はない……。

新八は警戒を解いた。

「何か用か……」

「三木三郎が待ち伏せしていますよ」

「三木三郎が……」

「食い詰め浪人を大勢雇ってね」

「本当か……」

新八は疑った。

「俺も誘われましてね。尤《もつと》も脚が治っていないので断りましたが。信用してくれていいですよ」

伝七郎は笑みを浮かべた。

「それをどうして報せる」

新八の疑いは消えなかった。

「そいつは、あんたが新撰組の永倉新八さんだからですよ」

伝七郎は、新八の正体を見抜いていた。

新八は、反射的に身構えた。

伝七郎は、慌てて新八の間合いから逃れた。

「早まるな新八さん。俺はあんたの味方だ」

「味方だと……」

「ま、詳しく云えばあんたというより、市ヶ谷の試衛館の味方かな」

新八は戸惑った。

「もう忘れているだろうが、俺が修行していた剣術道場が道場破りに荒らされた時、あんたや原田左之助さんが駆け付けて追い返してくれた。以来、俺は試衛館の味方だよ」

試衛館時代、伝七郎が云うようなことは確かによくあった。

「それで、三木三郎の待ち伏せを教えてくれるのか」

「なんなら、昔お世話になったお返しをしますが」

「お返し……」

「ええ……」

伝七郎は笑った。

鈴木三樹三郎と決着をつける時が来たのかも知れない。

新八の五体が熱く燃え始めた。

日は暮れ、夜の闇が静かに垂れ込めた。


鈴木三樹三郎と弟子の前田五郎、そして金で雇われた浪人たちは、伝七郎の云うとおり雑木林に潜んで田舎道を見詰めていた。

そこは以前、森川伝七郎たちが襲撃して来たところだった。

新八は、伝七郎の案内で三樹三郎たちの背後に廻った。

雑木林に身を潜め、待ち伏せをしている男たちは十人。三樹三郎と前田五郎もその中にいる。

一対十、正面から斬り合って勝ち目はない。だが、三樹三郎と前田五郎以外の八人は、金で雇われた烏合《うごう》の衆に過ぎない。一人を激しく斬り棄てれば、残る七人は命惜しさに戦闘意欲を失う筈だ。肝心なのは三樹三郎と前田五郎の二人だ。

新八が、必殺の気組みで闘わなければならない相手は都合三人。

鈴木三樹三郎は、生きている限り新八に付きまとい、災いをもたらす。

新八の覚悟は決まった。

「どうする」

伝七郎の眼は、これから起こることへの興味と期待で輝いていた。

「ここで見ていろ」

新八は苦笑し、三樹三郎たちの背後に忍び寄った。

伝七郎は、新八の動きを息を殺して見守った。

新八は充分に近付き、三樹三郎たちに声を掛けた。

「何をしている」

三樹三郎たちは一斉に振り向いた。

新八の正面にいた浪人が、慌てて刀を抜いた。

刹那《せつな》、新八の刀が閃《ひらめ》いた。

血煙が舞い上がった。

浪人は真っ向から斬り下げられ、棒のように倒れた。

恐ろしいほど見事な手練《しゅれん》だった。

三樹三郎と前田、そして浪人たちは、愕然《がくぜん》として立ち竦《すく》んだ。

新八は血に染まった刀を構え、猛然と三樹三郎に向かって走った。

三樹三郎の前にいた浪人たちは驚き、慌てて我先に逃げ散った。

新八は三樹三郎に迫った。

三樹三郎の顔が恐怖に醜く歪んだ。

新八の刀が煌《きら》めきを放った。

次の瞬間、前田五郎が身を挺《てい》して三樹三郎を庇《かば》った。

新八の刀は、前田五郎を袈裟懸《けさが》けに斬っていた。

「先生……」

新八は戸惑った。

三樹三郎は、その隙をついて田舎道に逃げた。

袈裟懸けに斬られた前田は、追い掛けようとする新八にしがみついた。

新八は前田を振り払い、三樹三郎を追って田舎道に走った。だが、三樹三郎の姿は何処にも見えなかった。

逃げられた……。

新八は吐息を洩らし、息を整えた。

「いやあ、流石《さすが》は永倉さんだ」

伝七郎が、右脚を引きずって雑木林から出て来た。

「二人とも一太刀で仕留めるとは、見事な腕ですな」

伝七郎は感心していた。

新八は、刀に拭いを掛けて鞘《さや》に納めた。

「手足となって働いてきた弟子の前田がいなくなれば、三木三郎も諦めるでしょう」

「そうだといいがな」

「じゃあ私が、三木三郎がどうするか調べてみますか」

「そうしてくれるか」

「お安い御用ですよ。じゃあ……」

伝七郎は右脚を引きずり、箱館に戻って行った。

新八は見送った。

伝七郎の睨みどおり、前田を失った三樹三郎が鳴りを潜めるのは間違いないだろう。だが、三樹三郎の怨念と執念は、常人《じょうじん》に計り知れぬものがある。今は諦めても、いつか再び必ず現れる。

新八はそう確信していた。


一本木関門跡一帯は掘り尽くされた。だが、土方歳三の死体は発見されなかった。

「一本木関門跡にはないか……」

古高弥十郎は、微かな苛立ちを浮かべた。

「はい」

大木重蔵は頷いた。

「となると五稜郭城内か……」

「そうなりますが、投降した榎本武揚や大鳥圭介の証言には、土方歳三を埋葬したとはありません」

「幹部でただ一人戦死をした土方が城内に埋葬されて知らぬ筈はないか……」

「左様に思いますが」

「だが、戦の最中だ。土方の死体を一本木関門から五稜郭城内に運んで埋めた者が、乱戦に報告する暇なく戦死したとしたらどうする」

　古高弥十郎は、一方ならぬ執念を見せた。

「心得ました。引き続き五稜郭城内を捜索させます」

「うむ。大木、土方歳三は我が従兄・俊太郎をはじめ、多くの有為《ゆうい》の志士を殺した元凶。その首、たとえしゃれこうべであろうとも、獄門台にさらしてくれる」

　大木は、弥十郎の憎しみの深さに言葉を失った。

「それで大木、掘り返した穴を埋め戻した者、見つかったのか」

「それなのですが、密かに監視をつけた途端に……」

「現れないか」

「はい。油断のならぬ者です」

「やはり、旧幕府脱走軍の生き残りだな」

　単に死者を悼む者であれば、監視を気にせずに埋め戻している筈だ。

「きっと……」

　大木は頷いた。

　何者かが、土方歳三の死体捜索をじっと見守っている。

　目的はなんだ……。

弥十郎は不気味さを感じた。

「古高さま……」

大木が遠慮がちに進み出た。

「なんだ」

「松前藩士の杉村義衛ですが」

「何か分かったのか」

「それなのですが、今のところ、松前藩家老の下国東七郎の縁者としか……」

「素性、中々《なかなか》摑めぬとなると……」

古高の眼が鋭く光った。

「普通じゃありません。おそらく隠しているものかと……」

「隠しているのが仇《あだ》になるか」

弥十郎は嘲《あざけ》りを浮かべた。


北の空は何処までも蒼く、大地には爽《さわ》やかな風が吹き抜けていた。

新八が箱館に来て十日が過ぎた。

鈴木三樹三郎は姿を消し、新八を襲う刺客は現れなくなった。そして、土方歳三の死体も発見されてはいなかった。

古高弥十郎は、歳三の死体捜索を既に一本木関門跡から五稜郭城内に移していた。

五稜郭は掘割に囲まれ、石垣と土塁《どるい》によって築かれており、城内に入るには橋を渡らなければならなかった。

大木重蔵は、三ヶ所ある橋に歩哨《ほしょう》を置いて外部の者の入るのを断ち、歳三の死体の捜索をしていた。

新八と鉄之助は城内を窺うこともできず、なす術《すべ》もなかった。

「永倉さん……」

鉄之助は、今にも泣き出さんばかりの眼を新八に向けた。

「心配するな鉄之助。土方さんが城内に葬《ほうむ》られたなら、降伏した者たちの証言に必ずある筈だ。それがないのだから……」

新八は鉄之助を安心させようとした。そして、今まで思いもしなかったことがあるのに気が付いた。

「鉄之助、土方さんの馬の馬丁《ばてい》は誰だ」

「馬丁ですか」

「ああ。土方さんが、馬に乗っていて鉄砲に撃たれたなら、馬丁は傍にいたのに違いない。そう思わないか」

「はあ……」

「馬丁はいたな」

「勿論《もちろん》……」

「誰だ」

「山崎作之助《やまざきさくのすけ》って人でした」

「どんな人だ」

「確か仙台で一緒になって箱館に来た人でしてね。剣も使いますが、馬が好きで土方先生の馬の馬丁になった人です」

馬丁の山崎作之助……。

土方歳三が戦死した時、おそらく傍にいた男なのだ。

「鉄之助、山崎作之助が一本木関門での戦の時、どうしたか聞いていないか」

「別に聞いていませんが」

「そうか……」

歳三が死んだほどの激戦だ。山崎作之助が戦死をしていても不思議はない。

「そういえば山崎さん、茂辺地《もへじ》の博労《ばくろう》と親しくしていて、休みの日には馬を見に遊びに行っていましたよ」

「茂辺地の博労か……」

茂辺地は箱館と木古内との間にあり、五稜郭からも遠くはない。

「その博労の家、分かるか」

「はい。一度連れて行って貰ったことがありますから」

「よし。案内してくれ」

「えっ……」

「ここで苛々していてもどうにもならん。こっちもできるだけのことをするんだ」

新八は、茂辺地に向かって歩き出した。

鉄之助は慌てて続いた。

茂辺地の博労・左平次《さへいじ》は、娘夫婦と二人の孫と暮らしていた。

左平次は鶴《つる》のように痩せた老爺《ろうや》だが、その眼は確からしく馬市に出す予定の黒毛馬は見事な駿馬《しゅんめ》だった。

左平次は、鉄之助を覚えていた。

鉄之助は新八を松前藩士だと紹介し、馬丁の山崎作之助のことを尋ねた。

「山崎の旦那……」

「うん。山崎作之助さん、五稜郭の戦でどうなったか知っていますか」

鉄之助は、黒毛の背に磨きを掛けている左平次に尋ねた。

左平次は、鉄之助を煩《わずら》わしげに一瞥し、黒毛馬の背を縄で磨き続けた。

「左平次さん、知っていることがあるなら教えて下さい」

鉄之助が頼んだ。

「何も知らねえ……」

左平次は胡散臭《うさんくさ》げな眼を新八に向け、黒毛馬の背を磨き続けた。

知っている……。

左平次の頑《かたく》なな姿勢は、何かを知っている証《あかし》なのだ。そして、知っていて口を閉ざすのは、山崎作之助が生きているのを暗示した。

「父っつあん、実は俺も旧幕府脱走軍の生き残りでな」

新八は笑い掛けた。

左平次は手を止め、初めて新八を見た。

「負けて負けて負け続けて、蝦夷に逃げ込んできた賊軍の負け犬って奴だよ」

新八は苦く笑った。

「山崎の旦那の仲間かい……」

「いいや。俺は父っつあんの馬に乗って戦死した土方歳三の古馴染《ふるなじ》みだ」

新八は隠さなかった。

「土方さまの……」

左平次は新八を見詰めた。

「ああ。江戸から京まで一緒だった」

「そうかい……」

左平次は、再び黒毛馬の背を磨き始めた。

「左平次さん……」

鉄之助は落胆した。

「戦が終わった後、訪ねて来たよ。山崎の旦那……」

左平次は手を止めずに告げた。やはり、知っていた。

「じゃあ……」

鉄之助は身を乗り出した。

「生きているよ」

山崎作之助は、一本木関門の戦いと五稜郭の戦いを生き抜いた。おそらく山崎は土方の最期を看取り、埋葬に関わったのに違いない。

「今、何処にいるのか分かるか」

新八が畳み掛けた。

左平次は首を横に振った。

「訪ねて来たのはその時だけだ。何処にいるかは分からねえ」

左平次の言葉に偽りは感じられない。

「その時、山崎さんは何しに来たんだい」

「土方さまが使っていた西洋鞍《せいようぐら》を買い取ってくれと持ってきた」

山崎は金に困っていた。

「それで買ったのですか」

「ああ、娘の婿が一両でな」

左平次の娘婿は、買い叩いて一両で歳三の西洋鞍を手に入れた。

山崎は、その一両を懐にして立ち去った。以来、山崎は左平次の許に現れてはいなかった。

「その鞍、見せては貰えぬか」

何か手掛かりが摑めるかも知れない。

「娘婿が新政府の役人に五両で売っちまった」

左平次は不満気に吐き棄てた。

歳三の埋葬場所を突き止めるには、山崎作之助を見つけた方が早い。

「ですが、もう箱館から出て行っているかも知れませんよ」

鉄之助は眉をひそめた。

「いいや。山崎の旦那は、まだ箱館にいるよ」

左平次が告げた。

「逢ったのか」

「娘婿が四、五日前の夜、湊《みなと》の近くでよく似た男を見掛けたそうだ。山崎の旦那に間違いねえだろう」

山崎作之助は箱館の湊で目撃されていた。

箱館の湊……。

新八と鉄之助は、思わず顔を見合わせた。

箱館の湊の傍にはお仙の店があり、鉄之助が納屋を借りて寝泊まりをしている。

山崎は意外に近い処《ところ》に現れていた。

鉄之助は唖然《あぜん》とした。

「永倉さん……」

「箱館に戻るぞ」

新八は左平次に礼を述べ、鉄之助を促して箱館に引き返そうとした。

「待ちな」

左平次が呼び止めた。

「山崎の旦那に逢ったら、良い馬が手に入ったから見に来いと伝えてくれ」

左平次は仏頂面《ぶっちょうづら》で告げた。

「分かった。逢ったら必ず伝える」

新八は約束した。

新八と鉄之助は、海沿いの道を箱館に戻った。

海は夕陽を受け、波頭を赤く煌めかせていた。

三

夜の湊には潮騒だけが静かに響いていた。

古い小さな飯屋は、縄暖簾を片付けても明かりを灯していた。

「馬丁の山崎作之助さんですか」

お仙は眉をひそめた。

「ええ。土方先生の馬の世話をしていた人です。逢ったことありませんか」

鉄之助は尋ねた。

「さあ、覚えはないねえ」

お仙は首を捻り、新八の猪口《ちょこ》に酒を満たした。

「すまぬ……」

新八は、鈴木三樹三郎がお仙に迷惑を掛けるのを恐れて店への出入りを控えていた。だが、鈴木三樹三郎が姿を消した今、しばらく振りにお仙の店を訪れた。

「それで永倉さん、古高弥十郎はまだ歳三さまの死体を探しているのですか」

お仙は手酌《てじゃく》で酒を飲んだ。

「うむ。一本木関門跡を探し終え、今は五稜郭城内を捜索している」

「お仙さん、土方先生が埋葬されているとしたら、もう五稜郭城内しかありません。このままでは、古高に先生の首をさらされてしまいます。それを防ぐには、こっちが先に土方先生のご遺体を見つけるしかないのです」

鉄之助は焦りを浮かべた。

「でも、五稜郭の中は随分広いと聞きます。闇雲《やみくも》に掘っても容易に見つかりゃあしませんよ」

お仙は、笑みを浮かべて猪口を空けた。

「そりゃあそうかも知れませんが……」

鉄之助は口を尖らせた。

「焦るな鉄之助。五稜郭内に中々入れぬ俺たちとしては、夜中に忍び込んで一度で見つけなければならん。そのためには、土方さんが埋葬されている確かな場所を突き止めるしかないのだ」

「はい。明日から山崎作之助さんを探してみます」

「うむ。おそらく山崎作之助は、箱館の町の近くにいる筈だ」

山崎作之助は、旧幕府脱走軍の一人として戦い、賊軍となった身を箱館の何処かに隠している。

新八はそう読んだ。

お仙は山崎作之助を知らない。知っているのは鉄之助だけだ。

新八は、鉄之助の捜索に期待するしかなかった。


土方歳三の死体は見つからなかった。

広すぎる……。

如何に新政府の弾正台でも、五稜郭城内の全域を掘り返すことはできない。だが、何処に埋められているか分からない限り、全域を掘り返すしかないのも事実だ。

効率が悪すぎる……。

大木重蔵は苛立ちながらも、五稜郭の門内近くから捜索を開始していた。

官軍の総攻撃に混乱した情況の中で、歳三の死体を城内に運び込むだけでも容易ではない。運び込んだとしても、門内近くに埋める暇しかなかった筈だ。

大木はそう睨み、捜索を続けていた。だが、歳三の死体は発見できなかった。

歳三の死体を発見するには、当時の情況をよく知る者を探すべきなのだ。

それも、歳三の死体を埋葬した者を……。

大木はそう思い、古高弥十郎に進言した。

「土方を埋葬した者……」

古高弥十郎は眉をひそめた。

「はい」

大木は、五稜郭城内全域を掘り返すことの不可能さと愚かさを説明した。

「だがな大木。土方の死体を埋めた者は、戦で死んでいるか、生きていても既に蝦夷を立ち去っているかも知れぬ」

弥十郎の睨みは当然だった。

「確かにそうかも知れません。ですが、探してみても損はありますまい」

大木は粘った。

推測だけで掘り返すのに徒労《とろう》を覚えた大木は必死だった。

弥十郎は苦笑した。

「よし。それほどまでに云うのなら、土方の死体を何処に埋めたか申し出た者には賞金を出そう」

「賞金ですか」

「うむ。土方の首に二十両の賞金を懸けよう」

賞金首……。

賊軍として生き残り、官軍の手を逃れた者は数多くいる。その殆《ほとん》どの者は、蝦夷を出る路銀もなく隠れ暮らしている。二十両の賞金は、喉から手が出るほど欲しい筈だ。

「ですが古高さま。奴らは官軍に刃向かった咎人《とがにん》。出てくるでしょうか」

大木は首を捻った。

「心配はいらぬ。申し出た者には、賞金の他に刃向かった罪を許すと伝えるのだ」

弥十郎の眼に嘲りが滲《にじ》んだ。

賞金を貰えて罪を許される……。

新政府の罪人として隠れ暮らしている者には、願ってもない好条件だ。

「しかし大木さま、賞金はともかく勝手に罪を許すのは……」

「大木、何事にも裏はある……」

弥十郎は笑った。

残忍で酷薄な笑いだった。

弥十郎に約束を守る気などない。何もかも方便、嘘なのだ。

土方の首を見つけた上に、賊軍の逃亡者を捕らえられれば一石二鳥と云える。

大木は弥十郎の狙いに気付き、冷たい戦慄を覚えた。

「よし。大木、急ぎ触れ書を出すのだ」

「心得ました」

古高は、己の企《くわだ》てに満足だった。


高札場に触れ書が貼り出された。

「土方さんの埋葬場所を知らせた者には、二十両の賞金か……」

新八は、鉄之助の報せに苦笑した。

「ええ。拙いですよ、永倉さん」

「落ち着け、鉄之助。賞金を出して土方さんを埋めた場所を突き止めようとするってのは、古高にも何の手掛かりもないということだ」

「そりゃあそうですが、もし山崎さんが……」

鉄之助は口を尖らせた。

「鉄之助、山崎作之助は土方さんを売ると思うか」

「それは……」

鉄之助は戸惑いを浮かべた。

「山崎作之助はそんな奴ではない。お前はそう思っている筈だ」

「はい。ですが万が一、金に困っていて……」

「山崎が賞金目当てに出て来たら、俺たちの探す手間が省けるというものだ」

「じゃあ……」

「弾正台を見張り、もし山崎が現れたら事の次第を教え、思いとどまって貰うしかあるまい」

「ですが、思いとどまって貰えない時は」

「斬るしかあるまい」

新八は冷たく言い放った。

「斬る」

鉄之助は驚いた。

「ああ……」

「しかし、山崎さんを斬ったら、土方先生が何処に埋葬されているのか分からなくなりますよ」

「古高に土方さんの首をさらされるよりはましだ。違うか」

「はい……」

新八の云うとおり、古高弥十郎に土方の首をさらされるぐらいなら、今のまま静かに眠っていて貰った方がいいのに決まっている。

鉄之助は頷くしかなかった。

「とにかく鉄之助、無駄を覚悟で弾正台を見張るしかあるまい」

新八は厳しい面持ちで告げた。


松前城下は、箱館が賑やかになるのに従って静かになっていった。

交易の中心は箱館の湊に移り、松前湊は次第に漁港としての機能が主になっていた。

杉村松柏の娘よねは、何者かの眼を感じていた。そして、それが新八のことを訊き廻っている男の眼だと気付いた。

大木重蔵の密偵・粂吉は、粘り強く新八の素性を追っていた。だが、新八を知る者は少なく、素性は容易に摑めないでいた。

「新八の素性か……」

杉村松柏は眉根を寄せた。

「はい。目付きの悪い男の人が、お裁縫《さいほう》のお師匠さまの処にもそれとなく尋ねて来たそうです」

「目付きの悪い男な……」

松柏自身、目付きの悪い男に尾行されたことがあった。

「ええ。もう何日も前からだそうですが、一体何者でしょう」

よねは不安を浮かべた。

「新八は何分にも新撰組の生き残りだ。新政府の役人の中には、恨みを抱いている者もいるだろう。おそらくそうした者に関わりがある奴かも知れぬ」

「では、新八さまを捕らえようと……」

「捕らえて首を打つか、密かに命を狙うか。いずれにしろ、新八が新撰組の永倉新八だと知れれば無事には済まぬだろう」

松柏は眉を曇らせた。

「お父上、新八さまにお報せした方がよいのではございませんか」

「うむ。だが、儂が下手に動けば新八への疑いを深めるだけだ」

「ですが……」

よねは微かな苛立ちを覚えた。

「落ち着きなさい、よね」

松柏は苦笑した。

「ならば、よね。お前が箱館に行くか」

「私が……」

よねは、松柏の唐突な言葉に思わず怯んだ。

「そうだ。箱館の新八に報せに行くか」

「はあ……」

箱館までは二十五里余り、二日の距離だ。

よねは戸惑い、混乱した。

「まあ、若い娘のお前だ。無理にとは云わぬが……」

「参ります」

よねは、内に秘めている勝気な性格を見せ、反射的に胸を張っていた。

松柏は苦笑した。

翌日の夜明け前、よねは杉村家に昔から奉公している下男の彦造《ひこぞう》を従えて屋敷を発った。

密偵の粂吉は、よねが新八に報せようと箱館に向かったのに気付かなかった。

土方歳三の首に賞金を懸けた効果はあった。

旧幕府脱走軍として戦って敗れ、隠れ暮らしていた者たちが、古高の狙いどおり賞金欲しさに弾正台に出頭して来た。そして、歳三の最期を証言した。だが、その証言は金目当てであり、信憑性《しんぴょうせい》はなかった。

古高はそうした者たちを逮捕し、容赦なく投獄した。

逮捕投獄された者の中に山崎作之助はいなかった。

証言しに来た者を捕らえて投獄する……。

噂はすぐに広まり、隠れ暮らしている者たちの出頭を止めた。

歳三の最期を証言しに出頭する者はいなくなった。

山崎作之助は出頭しなかった。

鉄之助の弾正台の張り込みは終わった。

「転んでも損はしない野郎か……」

新八は苦笑した。

古高弥十郎にとり、出頭した者が歳三を埋葬した場所を証言すればよし、証言が偽りであれば旧幕府脱走軍として捕らえる。

「悪辣《あくらつ》な真似をしやがるぜ」

新八は吐き棄てた。

「それにしても永倉さん、山崎作之助さんは今でも箱館にいるんですかねえ」

鉄之助は首を捻った。

山崎の消息は、博労の左平次の証言の他に何も摑めずにいた。

「出て行ったと聞かない限り、箱館にいると思っていいだろう」

「ですが……」

「鉄之助、疑えばきりがない。博労の左平次の言葉を信じるだけだ」

新八は笑った。

山崎作之助が、歳三の首に賞金を懸けられたのを知らないのか、知った上で出頭しなかったのかは分からない。

いずれにしろ、土方歳三の死体を埋葬した場所を知る者は出頭せず、古高弥十郎の企ては失敗した。


箱館の湊は、蝦夷交易の中心港として活気に溢れていた。

片隅にある古い小さな飯屋は、昼飯の賑わい時を終えていた。

主のお仙は、縄暖簾を下ろして一息ついていた。

「ごめんください……」

杉村家の下男の彦造が、戸を開けて店を覗き込んだ。

「あら、もうお昼は終わったんですよ」

お仙は、申し訳なさそうに告げた。

「いえ。此処《ここ》はお仙さんのお店にございますか」

「ええ。そうですけど……」

「では、お前さまがお仙さんですか」

「はい……」

お仙は、彦造に怪訝な眼差しを向けた。

彦造は戸口から顔を引っ込めた。

「お嬢さま。やはりここでしたよ」

表で彦造の声がした。

お嬢さま……。

お仙は眉をひそめた。

「お邪魔致します」

よねが入って来てお仙に頭を下げた。

「あの、お前さまは……」

お仙は戸惑った。

「私は松前藩お抱え医師杉村松柏の娘よねと申しまして、義衛の義理の妹にございます」

「杉村さまの……」

お仙は、よねが新八の養子先の娘だと知って慌てた。

「はい」

よねは、大きな眼をきらきらと輝かせて微笑んだ。

彦造に伴われたよねは、途中木古内で一泊してやって来た。

「これは御無礼致しました。店ではなんですので、どうぞこちらへ……」

お仙は、よねと彦造を奥の小部屋に通した。

新八は、鈴木三樹三郎の襲撃がなくなってから、大森浜の竜尊寺に戻らずお仙の店の納屋に寝泊まりすることが多くなっていた。

お仙は茶を淹《い》れ、よねと彦造に差し出した。

「どうぞ……」

「ありがとうございます。戴きます」

よねは、屈託なく茶を飲んだ。

「美味《おい》しい。ねえ、彦造……」

よねは、彦造に明るい声を掛けた。

「お嬢さま……」

彦造はよねをたしなめ、背負ってきた荷物の中から風呂敷包みを出した。

「ああ、そうでした。お仙さん、義兄《あに》がいろいろとお世話になっているそうでお礼申し上げます。これは父の調合した薬ですが、宜しければお使い下さい」

よねは、風呂敷包みを解き、幾つかの紙袋を出した。

「これが腹痛の薬、こちらが熱冷ましに咳止め。それに化膿《かのう》止めに打ち身の膏《こう》薬《やく》、切り傷の薬です。よく効きます。どうぞお使い下さい」

医者や薬種問屋がまだ少ない蝦夷では、薬は幾らあっても足らないほど必要なものだった。

蝦夷地ならではの土産《みやげ》と云えた。

「これはこれは、喜んで戴きます。ありがとうございます」

お仙は、よねの土産を嬉しく貰った。

「それで義兄は……」

「それが杉村さまは今、お出掛けなんでございますよ」

「出掛けている」

よねは落胆を露わにした。

新八と逢えるのを楽しみにして来た……。

お仙は、よねの素直さに小さく苦笑した。

「何処に……」

「さあ、そこまでは……」

「では、いつ戻るのですか……」

「それも……」

「分かりませんか」

「ええ……」

お仙は苦笑した。

「どうしよう、彦造……」

よねは、彦造に助けを求めた。

「お嬢さま、義衛さまにお伝えしなければならないことは、何としてでもお伝えしなければなりません」

彦造は、新八を新しい名で呼んだ。

「でも、待っていたら明後日までに、松前に帰れないかも……」

「お嬢さま、宜しければ私が言付かっておきましょうか」

お仙は、よねと彦造の茶を淹れ替えた。

言付けるのもいいかも知れない……。

よねは、お仙の勧めに頷き掛けた。そして、すぐに否定した。

「いいえ。これは杉村家のことでございまして、他人さまにお言付けして戴くようなことでは……」

「そうですか。じゃあ松前にお戻りになる刻限まで、ここでお待ちになっては如何ですか」

「宜しいのですか」

「そりゃあもう……」

お仙は微笑んだ。

「お嬢さま……」

彦造が、そうさせて貰うべきだと目配せした。

「かたじけのうございます。では、そうさせて戴きます」

よねと彦造はお仙に礼を述べ、新八の帰るのを待った。


五稜郭城内の探索に成果はなく、土方歳三の死体を発見できずにいた。

古高弥十郎は、苛立ちを募らせた。

大木重蔵は配下の邏卒と人足を督励《とくれい》し、懸命の探索を続けていた。だが、探索は成果をあげず、大木たちの疲労は増すばかりだった。

新八は、大木たちの様子を窺い、成果のなさを読み取っていた。

成果のないのは、新八と鉄之助も同じだった。

鉄之助は、歳三の馬丁を務めていた山崎作之助を探して箱館の町を歩き廻っていた。だが、山崎作之助を見つけることは無論、手掛かりすら掴めないでいた。

膠着《こうちゃく》状態……。

新八は、吐息を洩らさずにはいられなかった。

四

陽は日毎に長くなっていた。

だが、女と年寄りが松前に帰るには、かなりの時が掛かる。

よねと彦造が焦りを浮かべた頃、新八が戻って来た。

「新八さま……」

よねは焦りを一瞬にして消し、顔を輝かせた。

「どうしたよねさん。彦造と一緒に来たのか」

彦造は、安心したように頭を下げた。

「はい。お報せしたいことがありまして……」

「報せたいこと」

新八は眉をひそめた。

「はい……」

よねはお仙を気にした。

「心配いらぬ。お仙さんは江戸の頃からの古馴染みだ」

新八は笑ってみせた。

「そうですか」

「うん。で、報せたいこととは……」

「それなのでございますが、松前に新八さまのことを訊き廻っている者がいます」

「俺のことを……」

「はい。おそらく新八さまの素性を突き止めようとしているものかと存じます」

「俺の素性を……」

よねは、強張《こわば》った面持ちで頷いた。

「どんな奴です」

「町方の者だと聞きました」

「岡《おか》っ引《ぴき》のような野郎だそうですよ」

彦造が眉を怒らせた。

「岡っ引……」

新八は緊張した。

お仙が、心配げな眼差しを新八に向けた。

「へい」

岡っ引のような男は、おそらく弾正台の手先として働く者に違いない。

新八は箱館の町で古高弥十郎と出逢い、名を名乗ったのを思い出した。

松前藩士杉村義衛……。

杉村義衛の名が、古高弥十郎に知れたのはその時しかない。そして、古高は杉村義衛に不審を抱き、その素性を突き止めるように配下に命じた。

油断のならない男……。

新八は、古高弥十郎の鋭さに少なからず驚いた。

「お嬢さま、そろそろ……」

彦造は、帰る刻限が迫ったのを告げた。

「はい。それでは新八さま……」

よねは彦造に頷き、新八に挨拶をしようとした。

「よし。よねさん、俺も松前に戻るよ」

新八は、己の素性を嗅ぎ廻る者を見届けることにした。

見届けてどうするかは、その時に決めればいい。

新八はそう決めた。

「お義父上やお義母上に無沙汰《ぶさた》を詫びねばならんしな」

「はい……」

よねは嬉しげに微笑んだ。

「そりゃあよかった。義衛さまが一緒に帰ってくれれば、日が暮れても大安心だ」

彦造は、主家の娘を護《まも》る役目から解放され、皺《しわ》だらけの顔をほころばせて喜んだ。

「お仙さん、聞いてのとおりだ。鉄之助が戻ったら伝えてくれ」

「分かりましたよ。お気を付けて……」

お仙は、よねに土産の礼を云い、帰り道の無事を祈った。

「じゃあ行くよ、よねさん、彦造」

新八はよねと彦造を促し、お仙の店を後にした。

陽は西に傾き始めていた。

急がねばならぬ……。

新八は歩みを速めた。

よねと彦造は、新八の歩みに合わせようと足早に付いて来ている。

このままでは途中で疲れ果てる……。

新八は、よねと彦造の歩みに合わせた。

松前に戻るのは明日の夜になる……。

新八はそう覚悟した。

よねは新八の優しさを知り、ほっとしたように歩みを緩めた。


茂辺地を過ぎた頃には日が暮れ、新八たちは木古内の商人宿に泊まった。

松前への道は知内から内陸になり、福島から再び海岸沿いになる。

海風はまだ冷たかった。

新八はよねや彦造の歩調に合わせ、海辺沿いの道を進んだ。夕暮れ時、福山・松前城下がようやく見えてきた。

「やれやれ、やっと松前だ」

彦造の声が弾んだ。

「よねさん、彦造と先に行ってくれ」

「義兄上は如何されるのですか」

よねは訝《いぶか》しげに新八を見た。

「俺は後から行き、屋敷を見張っている者がいるかどうか確かめる」

新八は、慣れた口ぶりで告げた。

「分かりました」

よねは不安を感じなかった。

新八さまなら大丈夫……。

よねは、理由もなくそう思った。

「ではお先に。彦造、参りますよ」

「へい」

よねは、彦造を従えて屋敷に向かった。

二人の姿が夕暮れの暗がりに滲んだ頃、新八は音もなく歩き始めた。

よねと彦造は、往来から武家屋敷街に入った。武家屋敷街を行くよねと彦造の背後に一人の男が現れた。男は辺りに異常がないのを確かめ、よねと彦造の後を追った。

初めて見る顔の男だった。

古高の手先……。

新八はそう睨み、手先の背後を進んだ。

手先の粂吉は、杉村家の娘と下男がいつ出掛けたのか気付かなかった。

くそ……。

粂吉は、よねと彦造の後ろ姿に悔し紛れの悪態をついて追った。

何処に行って来たんだ……。

粂吉は、出し抜かれた悔しさを募らせた。そこには、杉村義衛の素性が中々《なかなか》摑めない苛立ちが含まれていた。

よねと彦造は、杉村屋敷に入った。

何か動きがあるかも知れない……。

粂吉は暗がりに潜み、杉村屋敷を見張った。

新八は、粂吉の動きを見守った。

脳裏に、新撰組副長助勤二番隊組長の頃が蘇《よみがえ》った。

数年後、蝦夷地で同じようなことをするとは思ってもいなかった。

新八は思わず笑った。

よねは、松柏と母親に事の次第を告げた。

「では、新八も来ているのか」

「はい。今、新八さまの素性を調べている者がいるかどうか、見定めております」

「流石《さすが》に抜かりはないな」

「それはもう、新八さまに限って……」

よねは力強く頷いた。

松柏は苦笑した。

四半刻が過ぎた。

杉村屋敷は静まったまま動く気配はなかった。

今夜はもう動きはねえ……。

粂吉は見張りを解き、杉村屋敷から離れた。

新八は追った。

粂吉は、松前の湊に向かった。

湊には木賃宿や商人宿が軒を連ねている。

粂吉は商人宿の一軒に泊まり、新八の素性を調べ歩いていた。

粂吉は、慣れた足取りで夜道を足早に進んだ。夜目《よめ》の利いた油断のない歩き方だった。

やり手の手先……。

新八は、新撰組の探索方山崎烝《やまざきすすむ》配下の密偵たちを思い出した。その密偵たちに男は似ていた。

湊に人気《ひとけ》はなく、潮騒だけが響いていた。

粂吉は前屈みの姿勢で、足早に海辺を進んだ。

新八は先回りをして暗がりに潜み、手拭で顔を隠した。

粂吉の警戒は、行く手ではなく背後に置かれていた。

尾行されている様子はない。

粂吉がそう思った時、横手の路地から黒い影が襲い掛かって来た。

躱《かわ》す暇はなかった。

粂吉は鳩尾《みずおち》に鋭い痛みを感じ、意識を失った。

手拭で顔を隠した侍……。

粂吉は、それだけを辛うじて認識できた。

新八は、意識を失って崩れ落ちる粂吉を抱きとめた。


粂吉が意識を取り戻したのは、湊の片隅にある漁師の道具小屋の中だった。

手拭で顔を隠した新八が、冷たい眼で見下ろしていた。

「気が付いたか……」

新八は嘲りを浮かべた。

粂吉は身を起こそうとした。だが、柱に縛りつけられた身体は動かなかった。

「無駄な真似だ」

「手前《てめえ》……」

粂吉は、怒りに覆われた眼を新八に向けた。

「こんな真似をして無事に済むと思っているのか」

「俺が無事に済もうが済むまいが、死んでいくお前には関わりあるまい」

新八は冷たく言い放った。

粂吉は言葉を失った。

「名前、教えて貰おうか……」

「粂吉……」

「そうか、粂吉か……」

新八は小柄《こづか》を抜き、粂吉の後ろ手に縛られている手の指を掴んだ。

「な、何をしやがる」

粂吉は、湧き上がる恐怖に震えた。

新八は無言のまま粂吉の指の爪の間に、小柄の刃を刺し込んだ。

「止めろ……」

粂吉の声は、乾いた喉に引きつれた。

新八は、土方歳三を思い出した。

歳三が、古高俊太郎をはじめとした倒幕派の者たちに与えた拷問を思い出した。

無残な……。

当時、眼を背けた歳三の行為を、新八はやろうとしていた。そこに、責めを負う者と、そうでない者との違いがあった。新撰組時代の新八は、近藤や歳三が決めたとおりに動く組織の一人だった。だが、今の新八は違う。己の考えで動く限り、甘い手立てを選んではいられない。

新八は、当時の歳三の厳しさに思いを馳《は》せた。

「粂吉、何を調べ廻っている」

新八は歳三の思い出を振り払い、小柄の刃先に力を込めた。

粂吉は顔を醜く歪めた。

「杉村義衛って野郎の素性だ」

「何か分かったのか」

新八は小柄に力を込めた。

「ああ……」

粂吉は激痛に身を捩《よじ》り、首を横に振った。

「誰の命令で調べた」

粂吉は口を閉じた。

新八は小柄を刺し込んだ。

爪が肉から剝《は》がれる音がし、血が溢れ出した。

粂吉は悲鳴をあげた。

新八は、構わず別の指の爪の間に小柄を刺し入れた。

「誰の命令だ」

「弾正台の大木重蔵さま……」

粂吉は、掠《かす》れた声を絞り出した。

「大木重蔵……」

新八は、歳三の死体探索の指揮を執っている邏卒頭を思い出した。

おそらく弾正台の大木重蔵は、上役の古高弥十郎の指示を受けて粂吉に命令したのだ。

「それで、杉村義衛の素性の何が分かった」

新八は小柄を押し込んだ。

「野郎、新撰組の生き残りかも知れねえ」

粂吉は、慌てて新八の拷問を止めた。

「新撰組……」

新八は微かに動揺した。

「ああ。杉村義衛は養子になる前、新八って名前だったそうだ」

「その新八が、どうして新撰組なのだ」

新八は動揺を隠し、探りを入れた。

「松前藩には脱藩して新撰組に入った藩士がいて、そいつが永倉新八なんだよ」

「つまり、杉村義衛は新撰組の永倉新八だと云うのか」

「ああ……」

粂吉は、新八の素性に近付いていた。

優れた手先だ……。

新八は感心した。

「粂吉。確かな証拠、あるのか」

「そいつがまだだから調べているんだ」

粂吉はうそぶいた。

「嘘偽りはあるまいな」

「信じるかどうかは、お前さんの勝手だ」

粂吉は開き直った。

「よし。信じよう」

新八は薄く笑い、指の爪の間から小柄を引き抜いた。

粂吉は顔をひそめ、吐息を洩らした。小柄を抜いた指先から血が滴《したた》り落ちた。

永倉新八の名を聞き、古高弥十郎はどう動くのか……。
歳三の死体を巡っての膠着状態は、それによって動くのかも知れない。
いざとなれば、杉村家との養子縁組を解消して貰えばよいのだ。
一か八かの賭けだ……。
新八は、粂吉の縄を解いた。
粂吉は血の滴る指に手拭を巻き、新八を恨めしげに見上げた。
「お前さん、誰なんだい」
「知らない方が身の為だ」
新八はそう言い残し、漁師の道具小屋を出た。
粂吉は指先に巻いた手拭をきつく縛り、新八を追って道具小屋を出た。
海岸沿いを行く新八の後ろ姿が見えた。
「野郎……」
粂吉は懐に呑んだ匕首《あいくち》の柄を握り締め、足音を忍ばせて新八を追った。
新八の姿が不意に消えた。
粂吉は慌てて追った。そして、新八が消えた処に来た。
新八が、暗がりからいきなり現れた。

「粂吉、余計な真似は身の破滅だ」

「煩《うる》せえ」

粂吉は匕首を構え、新八に突進した。

新八は、抜き打ちに粂吉の肩に刀を打ち付けた。

粂吉の顔が大きく歪んだ。

「動くな」

肩に食い込んだ刀が、粂吉の動きを封じた。

新八が刀を押し付けて引けば、粂吉の肩は深々と斬られる。

粂吉は恐怖に呻《うめ》いた。

「て、手前、一体……」

「俺かい。俺は新撰組副長助勤永倉新八……」

新八は顔から手拭を取り、明るく笑った。

邪気のない、子供っぽい笑顔だった。

「永倉新八……」

粂吉は恐怖に震えた。そして、追い詰められた手負いの獣《けもの》のように、匕首を構えて新八に飛び掛かった。

新八は、粂吉の肩に食い込んだ刀を力を込めて引いた。

粂吉が前のめりに倒れ込んだ。

新八は、返す刀で粂吉の首の血脈を斬りあげた。

粂吉は大きく仰《の》け反《ぞ》り、首から血を振り撒いた。そして、二度ほど身体を回転させ、海に倒れ込むように落ちた。

水飛沫《みずしぶき》が舞い上がった。


杉村屋敷の裏口に錠は掛けられていなかった。

新八は裏口から屋敷に入った。

「新八さま……」

彦造が手燭《てしょく》を持って現れた。

「彦造、お義父上は……」

「診察室でお待ちかねにございます」

「そうか。疲れただろう。早く休むがよい」

新八は彦造を労《ねぎら》った。

「ありがとう存じます。新八さま、ちょっとお待ち下さい。お嬢さまを起こして参ります」

彦造は、新八が来たら報せるよう、よねに命じられていた。

「ですが、お疲れが出たのか、お休みになられてしまいまして……」

「だったら、寝かせておくがいい」

新八は苦笑し、診察室にしている玄関脇の座敷に向かった。

燭台《しょくだい》の灯りが揺れた。

新八は松柏に挨拶をした。

「斬ったか……」

松柏は眉をひそめた。医者である松柏は、血の臭いに敏感だった。

「はい。弾正台の手の者でして。泳がせて弾正台の出方を窺おうと思いましたが、襲い掛かって来ましたのでやむなく……」

「で、箱館は……」

「はい」

新八は、鈴木三樹三郎との顚末《てんまつ》を話した。

「そうか、お主を狙っていた刺客どもは片付けたか……」

松柏は、新八を兄・伊東甲子太郎の仇《かたき》と狙っていた鈴木三樹三郎が、姿を消したのを喜んだ。

「それにしても、埋葬されている土方歳三の死体を掘り出してさらそうとは、古高弥十郎と申す者、執念深い男だな」

「はい。何としてでも食い止めなければなりません」

「うむ。誰でも死ねば仏。墓を暴くは外道《げどう》の振る舞い。以《もっ》ての外《ほか》。で、これからどうする」

松柏は身を乗り出した。

新八は、松柏と今後のことを打ち合わせ、離れの自室に引き取った。


翌日、新八は夜明け前に起き、よねの給仕で朝飯を済ませて松前を発った。

粂吉の死体は沖に流されたのか、まだ発見されていなかった。

手先の粂吉からの連絡が途切れ、弾正台の古高弥十郎と大木重蔵が不審に思うのは時間の問題だ。そして、いずれは殺されたと知る。

粂吉殺害の疑いは、否応《いやおう》なく探索対象だった杉村義衛に掛かる。

その時はその時だ……。

新八は覚悟を決めていた。

蝦夷は北海道と名を変えたが、開拓されているのはまだ渡島半島の海岸一帯でしかない。奥はアイヌたちしか暮らしておらず、前人未到の自然が広がっている。

逃げ込む先は限りなくある……。

蝦夷の蒼い空は、何処までも高く続いていた。

第三章　五稜郭

一

五稜郭城内での探索は続いていた。だが、土方歳三の死体は発見されなかった。

古高弥十郎は、苛立ちを押し殺して作業を見守っていた。

土方歳三の死体は、本当に埋葬されているのか……。

新八に疑問が湧いた。

馬上の歳三が銃撃された一本木関門。運び込まれたと推測される五稜郭城内。そのどちらからも歳三の死体は発見されてはいない。

発見されない理由は、埋葬されていないからかも知れない。

「埋葬されていない……」

鉄之助は眼を丸くした。

「ああ。一本木関門で銃撃された土方さんは、その場で埋葬されず、五稜郭に運ばれて埋葬された。我々も古高たちもそう思っているが、仮に五稜郭まで運べなかったらどうなる」

「運べない……」

「そうだ。官軍は四方から激しく攻め寄せて来る。仮に馬丁の山崎作之助が、土方さんの死体を五稜郭に運ぼうとしたが、叶《かな》わなかったとしたらどうする」

「私だったら、官軍に土方先生の首をとられないように埋葬します。そうか……」

鉄之助は気付いた。

「一本木関門から五稜郭に戻る途中の何処《どこ》かに、先生は埋葬されたんですよ」

鉄之助は、箱館の町の地図を広げた。

五稜郭から一本木関門までは遠くはなく、その間には旧幕府脱走軍が押さえていた千代《ちよ》ヶ岡《おか》台場や亀田台場がある。

山崎作之助は戦《いくさ》の混乱に歳三の死体を五稜郭に運ぶのを諦め、そうした台場に葬《ほうむ》った可能性もあるのだ。

「台場だけではない。五稜郭までの道の途中かも知れないさ」

新八は、あらゆる可能性を思い浮かべた。

「だとしたら、無理かも知れません」

五稜郭から一本木関門の間がいくら近くても手掛かりの欠片《かけら》もなく道端を掘り返すのは不可能だ。

鉄之助は肩を落とした。

「安心しろ鉄之助、そいつは古高も同じだ」

新八は苦笑した。

「そうですね」

若い鉄之助の立ち直りは、見事なまでに早かった。

「鉄之助、やはり土方さんの馬丁を務めていた山崎作之助だ。山崎を急いで探し出すしかない」

新八は断言した。

粂吉からの繋《つな》ぎが途絶えた。

大木重蔵は、粂吉の身に異変が起きたのを感じた。

配下の邏卒を松前に送り、粂吉の消息を追わせた。そして、粂吉が松前湊の商人宿に荷物を残したまま姿を消した事実を知った。

粂吉は殺された……。

大木の直感が囁《ささや》いた。

粂吉は、松前藩医杉村松柏の養子である義衛の素性を探索していて殺された。殺された原因が素性探索にあるのなら、下手人《げしゅにん》は杉村義衛に違いなかった。

だが、杉村義衛が粂吉殺しの下手人だという証拠は何もない。

粂吉を殺すほどの素性とは何か……。

大木重蔵の前に、杉村義衛が大きく浮かびあがった。


新八と鉄之助は、お仙の店の納屋に寝泊まりをし、山崎作之助を捜して箱館の町を歩き廻った。だが、山崎作之助を見つけることはできなかった。

箱館の湊には、諸藩の開拓団が毎日のように到着し、蝦夷の各地に散って行った。

新政府は蝦夷各地の開拓の担当を開拓使の他、旧諸藩や省、寺院などに割り振って統治させた。

箱館・札幌・旭川《あさひかわ》・根室《ねむろ》地方は開拓使、十勝《とかち》地方は静岡《しずおか》藩と薩摩《さつま》藩。天塩《てしお》地方を水戸藩と長州藩、釧路《くしろ》地方は佐賀《さが》藩、宗谷《そうや》地方は加賀《かが》藩、そして兵部省《ひょうぶしょう》や増上寺《ぞうじょうじ》などが開拓を担当し、統治していた。

開拓団は一家一族あげての移住が殆どであり、箱館の湊には新天地への希望と北の果てに流れてきた無念さが交錯していた。

杉村義衛……。

調べれば調べるほど、その素性は謎に包まれていた。

松前藩家老下国東七郎の遠縁の者として松前藩医の杉村松柏の養子になったこと以外、詳しいことは何も分からないのだ。

大木重蔵はそこに作為を感じた。

おそらく粂吉もそう思って探索を進め、殺されたのだ。

杉村義衛の素性……。

重蔵は新たな手先を二人、杉村義衛の素性探索に投入した。

二人の手先は、松前藩の城下町である福山に急いだ。

今、杉村義衛は松前城下の屋敷にはおらず、箱館にいる筈だ。

重蔵は、配下の邏卒《らそつ》たちに杉村義衛の探索を命じた。


昼飯時、湊の傍の古い小さな飯屋は、人足や船子で賑わっていた。

「邪魔するよ」

「いらっしゃい」

お仙は客を迎えた。

客は、中年の薬の行商人だった。

薬の行商人は、背中の荷物を降ろして隅に座った。

「何にします」

お仙が茶を置いた。

「煮魚はなんです」

「鯖《さば》ですよ」

「じゃあ、その鯖で飯と味噌汁を頼みますよ」

薬の行商人が注文した。

「はい」

お仙は、辺りを片付けて板場に戻った。

薬の行商人は、賑やかに飯を食べている客の顔を見廻した。

湊の傍の飯屋に、得体の知れない男たちが出入りしている……。

大木重蔵は、邏卒からあがって来た情報を元に密偵を放った。

得体の知れぬ男たちは、杉村義衛と関わりがあるかも知れない。

中年の薬の行商人は、大木の放った密偵だった。

客の中に不審な者はいない……。

薬の行商人は、客たちの言葉や様子を見てそう判断した。

客たちは、昼飯を食べ終えて次々に帰り、店内には薬の行商人だけが残った。

行商人も煮魚で昼飯を食べ終えた。

お仙が茶を注ぎ足しに来た。

「すまないね、女将《おかみ》さん」

「いいえ」

「女将さん、どうだい薬。よく効くよ」

薬の行商人は、お仙を相手に商売を始めた。

「あら、薬屋さん、折角だけどこの前、知り合いのお医者さまの家からいろいろ戴きましてねえ」

お仙は申し訳なさそうに告げた。

「それはそれは……」

薬の行商人は、苦笑いをしながら飯代を払った。

「只今、戻りました」

鉄之助が勢いよく入って来た。

「お帰りなさい」

「お仙さん……」

鉄之助が息を弾ませた。

「お昼、奥に用意してありますよ」

お仙が鉄之助の言葉を遮《さえぎ》った。

鉄之助は、薬の行商人に気が付いた。

「はい。戴きます」

鉄之助は息をつき、板場に入って行った。

「じゃあ、ご馳走さん」

薬の行商人は、薬を入れた荷物を背負った。

「お気を付けて……」

中年の薬の行商人は、お仙の開けてくれた戸口から出て行った。

お仙は縄暖簾を仕舞《しま》い、戸に心張り棒《しんばりぼう》を掛けた。

「鉄之助さん、新八さんは一緒じゃあなかったのですか」

お仙は、鉄之助のいる板場に向かった。


鉄之助に新八さん……。

薬の行商人は、戸の外でお仙の声を確かに聞いた。

鉄之助と新八が、店に出入りをしている得体の知れぬ男たちなのかも知れない。

薬の行商人は、新八という名の男を見定めようと物陰に潜んだ。

小半刻が過ぎた頃、男が一人やって来て店の裏口に廻って行った。裏口に廻ったのは、店の女将と親しい証《あかし》だった。

新八さんだ……。

薬の行商人は確信した。

「山崎作之助がいた……」

「はい。当時、五稜郭に米を卸《おろ》していた米屋の小僧がいましてね。そいつが昨日、山崎さんを見掛けたそうなんです」

鉄之助は一気に告げた。

「何処でだ？」

「それが御殿山《ごてんやま》の麓《ふもと》だそうです」

「御殿山……」

御殿山は箱館の西南にあり、後に函館山と呼ばれるようになる。

「はい、第二砲台があった山です」

「その麓にある寺に米を納めに行く途中、見掛けたそうです」

「山崎作之助に間違いないのか」

「はい。百姓のような姿をしていたそうですが、間違いないと……」

鉄之助は身を乗り出した。

米屋の小僧の情報は事実かも知れない……。

新八の直感が囁《ささや》いた。

「よし、御殿山の麓に行ってみよう」

新八は、昼飯を手早く済ませて立ち上がった。

密偵の才次《さいじ》は、薬を入れてある荷物を背中から降ろした。

弾正台の二階の部屋には、ガラス窓から射し込む日差しが満ち、暑いぐらいだった。

「杉村義衛の名は出なかったんだな」

五稜郭の探索から戻ったばかりの大木重蔵は、汗の染みた下着を着替え終わっていた。

「私がいる間は……。尤《もつと》も怪しまれないように深入りを避けましたので、しばらく通ってみるつもりです」

才次は慎重だった。

「うむ」

大木は、才次の慎重さに頷いた。

「鉄之助と新八か……」

「はい」

大木重蔵は、才次の報告を頭の中で吟味《ぎんみ》していた。

鉄之助は若く、新八は三十歳前後……。

大木は、新八という名に引っ掛かった。

新八……。

何処かで聞いた覚えのある名前だ。

新八が三十歳前後なら、杉村義衛と同じ年頃だ。

杉村義衛と新八……。

二人には、何らかの関わりがあるのかも知れない。

大木はそう思った。

「よし。引き続き、その飯屋を探ってくれ」

「心得ました。では……」

密偵の才次は、薬の入った荷物を持って出て行った。

新八……。

大木は額に汗が薄く滲《にじ》んでいるのに気付き、窓の外を眩《まぶ》しげに眺めた。


坂道は御殿山に向かってなだらかに続いている。

「米屋の小僧、この辺りで山崎さんを見掛けたはずなんですよね」

鉄之助は、坂道の下に佇《たたず》んで辺りを見廻した。

雑木林越しに寺や百姓家が見えた。

「鉄之助、山崎作之助は百姓のなりをしていたのだな」

「はい。米屋の小僧が、そう……」

山崎作之助は、土方歳三が戦死して五稜郭の戦に敗れた後、官軍の手を逃れて身を隠した。そして、武士を棄てて百姓になり、生き延びている。

新八はそう睨《にら》んだ。

「よし、辺りの百姓家に山崎作之助がいないか調べてみよう」

「はい。では……」

鉄之助は、張り切って一番近い百姓家に向かった。

新八が続いた。

雑木林に烏《からす》の鳴き声が響き渡った。


古高弥十郎の顔色が変わった。

大木重蔵は、弥十郎の思わぬ反応に緊張した。

「新八……」

弥十郎は絞り出すように呟き、その顔に憎悪を滲ませた。

「古高さま、新八なる者をご存知なのですか」

大木は、弥十郎の憎悪に巻き込まれないよう、慎重に尋ねた。

「大木、お主は聞いたことがないか、永倉新八の名を……」

弥十郎は、憎しみに満ちた眼差しを大木に向けた。

永倉新八……。

大木は気付き、短く声をあげた。

新撰組副長助勤永倉新八……。

大木は、聞き覚えのあった名の正体をようやく思い出した。

「永倉新八。土方歳三の仲間だ」

弥十郎の眼は、憎しみから獲物を追う鋭いものに変わった。

「生きていたのですか……」

新撰組隊士の生死は、局長の近藤勇、副長の土方歳三、沖田総司など死がはっきりしている者と、まだ判然としない者がいる。

永倉新八は、鳥羽伏見の戦いの後、近藤や土方たちと甲陽鎮撫隊として甲府城奪取に赴《おもむ》いて失敗した。そして、近藤・土方と袂《たもと》を分かち、靖共隊を組織して宇都宮・白石《しらいし》などに転戦した。だが、官軍の力は圧倒的だった。

永倉新八は、戦乱の中に消えた。

以来、永倉新八の消息は途切れ、生死不明になっていた。

その永倉新八が生きており、箱館にいたのだ。

弥十郎と大木は、思いも寄らぬ男の出現に意表を衝かれた。

「古高さま、まさか杉村義衛が永倉新八では」

大木は満面を緊張させた。

「うむ。大木、その飯屋を監視下に置き、新八なる男の身辺を洗え」

弥十郎は厳しく命じた。

「では、急ぎ手配りを……」

大木は、足早に退室した。

永倉新八……。

松前藩士杉村義衛は、おそらく元新撰組副長助勤永倉新八なのだ。

その永倉新八が、どうして箱館にいるのか。何故、杉村家の養子になったのか。そして、何をしようとしているのか。

弥十郎の従兄・古高俊太郎は、土方歳三の残虐《ざんぎやく》な拷問に敗れ、池田屋での同志の会合を教えた。新撰組は池田屋を襲撃し、多くの同志を倒した。斬り込んだ新撰組隊士は、近藤勇、沖田総司、藤堂平助。そして、永倉新八だった。新八は、傷を負った藤堂平助を助け、恐ろしいほどの剣の冴《さ》えを見せた。

その永倉新八が、箱館にいるかも知れないのだ。いや、いると云っていいだろう。

永倉新八は、弥十郎が土方蔵三の死体を掘り出し、その首を獄門にさらそうとしていると知った時にどう出るか。

弥十郎は思いを巡らせた。

新八は既に気付いている……。

弥十郎は唐突にそう思った。

一本木関門で掘った穴を埋め戻したのは、永倉新八なのだ。

大木の手先の粂吉が、松前城下で姿を消したのも永倉新八がやったことなのかも知れない。

古高弥十郎は、窓から射し込む日差しに包まれながらも、背筋に冷たい畏怖《いふ》を感じずにはいられなかった。

二

御殿山の麓の百姓家に、山崎作之助はいなかった。

「永倉さん、百姓家じゃあないとなると、寺ですかね」

鉄之助は吐息を洩らし、坂道の途中にある寺を眩しげに眺めた。

「うむ。行ってみよう」

新八は、鉄之助を従えて寺への坂道をのぼった。


坂道の途中にある天妙寺《てんみようじ》は、苔《こけ》むした小さな寺だった。

天妙寺には、白い顎鬚《あごひげ》の老住職と小坊主がいた。老住職の名は天空《てんくう》、小坊主は木念《もくねん》と云った。

新八は杉村義衛と名乗り、山崎作之助のことを尋ねた。

「山崎作之助さんか……」

天空は小首を捻った。

「はい。ご存知ありませんか」

「さあ、知らぬが。なあ木念」

天空は、小坊主の木念に念を押した。

「はい。和尚さま……」
十二、三歳の小坊主・木念は、利発そうな顔で頷いた。
「そうですか……」

鉄之助は、残念そうに肩を落とした。

「ところでご住職、五稜郭の戦、御殿山からよく見えたでしょうな」

新八は広い庭に眼を向けた。

青々とした木々の葉が微風に揺れていた。

「左様。五稜郭は官軍に北と南から攻め立てられてな。大砲の音が鳴り響き、黒い煙がのぼって……。そりゃあ無残なものだった」

天空は瞑目《めいもく》し、手を合わせた。

「戦に敗れ、此処《ここ》まで逃げ延びて来た者はいませんでしたか」

新八は尋ねた。

「落ち武者か……」

「はい」

「いたな。何人か……」

「どのような者たちでした」

「傷付き、打ちのめされ、怯えるだけの敗残者。それだけだ……」

天空は深く答えず、敗残者に同情的な様子を見せた。

「山崎作之助さんも五稜郭で敗れた一人なのですが、逃げ延びて来た者たちの中にはいませんでしたか」

「お前さんたち、その山崎作之助さんとどのような関わりなのかな」

「こいつが、五稜郭でお世話になりましてね」

新八は鉄之助を示した。

「ほう。では、お前さんも落ち武者か……」

「はあ。でも私は、官軍の総攻撃の前にある方に脱出しろと命じられて……」

「脱出したのか」

「はい」

鉄之助は恥ずかしげに俯《うつむ》いた。

「恥じることはない。それでよかったのだ」

天空は微笑《ほほえ》んだ。

「はい……」

寺の奥から鈴の音が聞こえた。

「木念……」

天空は、小坊主の木念を促した。

「はい」

木念は、新八たちに一礼し、寺の奥へ足早に入って行った。

「杉村さんと申されたな」

天空は新八に向き直った。

「はい」

「残念ながら、この寺に山崎作之助さんはいない」

天空は目尻を下げ、優しい声音で告げた。

天妙寺での聞き込みは終わった。

「ご造作をお掛けしました」

新八は天空に礼を述べ、鉄之助を連れて天妙寺を出た。


古い小さな飯屋は、弾正台の監視下に置かれた。

大木重蔵は、才次をはじめとした密偵を周辺に張り込ませ、店とお仙の素性の調査を開始した。

夕暮れ時が近付き、早仕舞いの人足たちが晩飯を食べに店を訪れ始めた。

お仙の忙しい時が始まった。

客の出入りがひと息ついた時、昼飯を食べに来た薬の行商人が再び訪れた。

密偵の才次だった。

「あら……」

お仙は怪訝《けげん》に迎えた。

「女将さん、昼飯の美味《うま》さが忘れられなくて、また来ましたよ」

「それはそれは、ありがとうございます」

才次は荷物を降ろし、晩飯を注文して隅の飯台に向かった。

晩飯を食べ終えた才次は、お仙の差し出した茶をすすった。

「どうでした。薬、売れましたか」

「ああ。お蔭さまでね」

「そりゃよかったですね」

「それで女将さん、しばらく箱館で商売をしようと思うのですが、長逗留《ながとうりゅう》のできる宿をご存知ありませんかね」

「あら、湊にある宿じゃあいけないのですか」

お仙は、軒を連ねる木賃宿や商人宿を思い浮かべた。

「それがどこも満員でしてね。女将さん、宜しかったら裏の納屋、しばらく貸しちゃあ戴けませんか」

才次は、人のよさそうな笑顔を見せた。

「裏の納屋……」

「ええ……」

才次はお仙の出方を窺った。

「裏の納屋は、人が泊まれるような処じゃありませんよ」

「そうですか……」

才次は落胆した。

「ごめんよ」

常連の人足たちが、威勢よく入って来た。

「いらっしゃい」

お仙は、才次との話を中断し、人足たちの注文を取りに行った。

狭い店は急に賑やかになった。

話はこれまでだ。

才次は小さく舌打ちをし、飯代を飯台に置いて荷物を背負った。

「女将さん。飯代、置いたよ」

「あっ、毎度ありがとうございます」

才次は薬の入った荷物を担ぎ、店から出て行った。

「知り合いかい。女将さん」

人足の一人が才次を見送り、眉をひそめた。

「いいえ。今日初めてお見えになった薬の行商の方ですよ」

「薬の行商人ねえ……」

人足は首を捻った。

「あの人、どうかしたんですか」

お仙は気になった。

「うん。昼過ぎだったかな。ここの斜向《はすむ》かいの路地で煙草を吸っていたり、湊で邏卒と立ち話をしていてな」

「邏卒と……」

お仙は、怪訝に眉根を寄せた。

「ああ。行商人にしちゃあ暇な野郎だ。気を付けな、女将さん」

行商人は、薬が売れたと告げた。

弾正台の密偵……。

お仙に疑惑が湧いた。

「分かったかい、女将さん」

別の人足が、晩飯の注文を確かめてきた。

「あっ。ごめんなさい。もう一度、お願いします」

お仙は我に返り、慌てて人足たちの注文を取った。


「ありがとうございました」

お仙は、帰って行く常連客を戸口で見送った。

空は既に夕陽の赤味が消え、青黒い薄暮色《はくぼいろ》になっていた。

お仙は常連客を見送り、何気なく辺りを窺った。

黒い人影が、斜向かいの路地で動いた。

お仙は、緊張に突き上げられた。

見張られている……。

お仙は戸を閉め、板場に入って気を静めた。

弾正台が新八たちに気付いたか、それとも自分と土方歳三の関わりを知ってのことなのか……。

お仙は思いを巡らせた。

もし後者なら、お仙はとっくに弾正台に連行されている。だが、連行されないでいるとなると、弾正台の標的は新八……。

いずれにしろお仙の店は、弾正台の監視下に置かれた。

新八が帰って来れば、弾正台の監視網に引っ掛かるのは眼に見えている。

新八に知らさなければ……。

お仙は焦りを覚えた。

新八の動きが知られれば、歳三の首をさらす古高弥十郎の企《くわだ》ての阻止は難しくなる。

企ての阻止ができなければ……。

事態はどうなるか分からない。いや、決して良い方向に進むとは思えない。

一刻も早く新八に報せなければ……。

だが、お仙が報せようとすれば、弾正台の密偵たちも動き、新八は捕捉される。

下手《へた》に動けない……。

お仙の焦りは募った。焦りは、お仙に思い切った手立てを取らせた。

お仙の飯屋から火の手があがった。

「火事よ。火事だよ。誰か来て」

お仙は店から飛び出し、大声で助けを求めた。

才次たち密偵は驚いた。

古い小さな飯屋の戸口が燃えていた。

近所の者や人足たちが、駆け付けて来て火を消し始めた。そして、野次馬も集まり、辺りは混乱し始めた。

才次たち密偵は、お仙を注視し続けた。だが、火事の混乱はお仙を飲み込み、才次たちの眼から隠した。

才次たちは焦った。

お仙は、火事の混乱から抜け出し、新八と鉄之助を探した。

「お仙さん」

新八と鉄之助が、駆け寄って来る人々の中にいた。

お仙は駆け寄った。

「新八さん、弾正台の奴らに眼を付けられたよ」

新八は、反射的に暗がりに入った。

「だから、しばらく近付かないほうがいい」

「じゃあ、火事は……」

「もう消さなきゃね」

お仙は苦笑した。

新八は、自分に報せるため、お仙が店に自分で火を放ったのに気付いた。

「分かった。鉄之助、俺は大森浜に行く。お前は火事を消せ」

「心得ました」

「じゃあ……」

新八は身を翻《ひるがえ》し、暗がりに向かって走った。

「お仙さん」

鉄之助は、お仙を促して燃える店に戻り、人足たちと一緒に火を消し始めた。

才次たちの監視下にお仙の姿が戻った。

お仙は、人足たちと懸命に火を消していた。

才次は安心し、お仙の動きを再び監視した。

火は消えた。

お仙は、消火に働いてくれた人足たちに礼を述べ、鉄之助と後片付けを始めた。

火は店の戸口周辺と飯台や腰掛けを焼いただけだった。

「あの火の勢いにしては、大して燃えていませんね」

鉄之助は感心した。

「そりゃあそうだよ。大事な店を丸焼けにしてたまるもんですか」

お仙は戸口に飯台と腰掛けを集め、火を付けたのだ。飯台と腰掛けはすぐに買える。面倒なのは戸口周辺の修理だ。

鉄之助は、お仙の度胸に感心せずにはいられなかった。

流石《さすが》は土方先生を追って江戸から一人で来た女だ……。

鉄之助は、とりあえず戸口に板を打ち付けた。

落ち着いたお仙は、鉄之助に薬の行商人のことを話して聞かせた。

鉄之助は、焼けた戸口の隙間から外を窺った。

暗い外には時折り行き交う人がいるだけで、特別に異常は感じられなかった。

だが、弾正台の密偵が、見張っているのは確かなのだ。

「それで、山崎作之助さん、見つかったのかい」

お仙は、晩飯の仕度をし始めた。

「今日は、御殿山の麓に行ったんですがね」

「御殿山の麓……」

お仙の顔が微かに強張《こわば》った。

「ええ。でも、駄目でした」

鉄之助は、仕度された飯を食べ始めた。


津軽海峡に面した大森浜の波は、内湾の箱館港のものと違って大きなうねりを見せていた。

新八は月明かりの下、海岸沿いを竜尊寺に向かっていた。

途中、新八は尾行者の有無を何度か確かめた。だが、尾行する者の気配はなかった。

お仙の店を犠牲にした賭けは、どうやら上手《うま》くいった。

素性が露見した……。

松前藩士杉村義衛は、元新撰組副長助勤の永倉新八。

古高弥十郎はそう気付き、密偵を放ったのだ。新八は確信した。

これからの動きが面倒になる……。

だが、土方歳三の首をさらすわけにはいかない。

新八は覚悟を決めた。

岩に砕け散った波が、水飛沫《みずしぶき》となって新八に冷たく降り掛かった。

月明かりに照らされた竜尊寺の屋根が見えてきた。


竜尊寺の庫裏《くり》は、囲炉裏の火に暖まっていた。

住職の良庵は、囲炉裏端で酒を飲んでいた。

「おう。戻ったか」

「はい……」

「どうだ、一緒に」

良庵は新八を酒に誘った。

「戴きます」

新八は囲炉裏端に座った。良庵が肥った身体をゆっくり動かし、土瓶《どびん》の酒を湯呑茶碗に満たして差し出した。

新八は酒を飲んだ。

潮騒《しおさい》が地を伝って響き、囲炉裏の火は小さく爆《は》ぜた。

酒は新八の五臓六腑《ごぞうろっぷ》に静かに染み渡った。

「箱館はどうだった……」

「別にこれといったことはありませんが。今夜、お仙さんの店が火事になりました」

「ほう、それはそれは……」

良庵は湯呑茶碗の酒を飲み干し、手酌《てじゃく》で満たした。

「それで、今夜からまた厄介になります」

「それは構わぬが、何があったのだ」

「弾正台の者たちの眼を逸らすために……」

「お仙が己で火を付けたか」

良庵は驚きもせず、冷静に事態を読んでみせた。

「ええ……」

良庵は、お仙の店がどうして弾正台に眼を付けられたかを訊かず、酒を飲んだ。

隙間風が吹き抜け、囲炉裏の火が揺れた。

「作造さんは……」

新八は、寺男の作造がいないのに気付いた。

「出掛けている」

良庵は言葉短く答えた。

「そうですか……」

「うむ……」

良庵は酒を飲んだ。

「ご住職、山崎作之助という男、ご存知ありませんか……」

良庵は酒の入った湯呑茶碗を下ろし、新八を静かに見詰めた。

「山崎作之助……」

「はい。五稜郭の戦で敗れた者なのですが、箱館の何処かにいましてね」

「探してなんとする」

「訊きたいことがありましてね」

「訊きたいこととは……」

良庵は話の先を促した。

新八は、どこまで話してよいか分からなかった。分からない限り、話すわけにはいかない。

新八は黙って酒を飲んだ。

風に戸が鳴った。

「杉村さん。その山崎作之助が今、静かに暮らしているのなら放っておいてやってはどうかな」

良庵は微笑んだ。

「そうしたいのですが……」

新八は首を横に振った。

「そうか、ならば探し続けるしかあるまい」

良庵は、話を打ち切るように酒を飲み干した。

新八は、借りている家作に引き取る潮時を知った。

夏が近いというのに、蝦夷の夜はまだ冷え冷えとしている。

家作に引き取った新八は、蒲団にくるまって眠りについた。

翌日、お仙の店は休業した。

お仙は大工を呼び、店の修理を急いだ。

才次たち密偵は監視を続けた。

二人の大工により、店の修理は始められた。

お仙と鉄之助は、焼け跡の片付けに忙しく働いていた。

昨夜、市村鉄之助は火事騒ぎの最中に戻って来たが、永倉新八は一緒ではなかった。

市村鉄之助は、まだ十七、八歳の少年であり、お仙の遠縁の者とされている。

才次たち密偵は、少年の鉄之助を相手にせず新八を待った。

昼が近付いても新八は現れず、才次たちは苛立ちを募らせた。

お仙は鉄之助に手伝わせ、常連客の昼飯に握り飯と魚入りの味噌汁を用意した。

「昨夜はお騒がせした上に火を消していただいて、せめてものお礼です。どうぞ、召し上がって下さいな」

お仙は、やって来た常連客に握り飯と魚入りの味噌汁を振る舞った。

常連客は握り飯と味噌汁を食べ、後片付けを手伝って帰った。

お仙の店は賑わい、焼け跡の後片付けは着々と進んだ。

「薬の行商人、現れませんね」

鉄之助がお仙に囁いた。

「でも、必ず何処かで見張っていますよ」

薬の行商人たち弾正台の密偵は、お仙や鉄之助が新八と接触するのを待っているのだ。

新八の素性が割れた……。

お仙に微かな不安が過《よ》ぎった。

三

永倉新八は姿を消した。

密偵たちの監視が露見した……。

古高弥十郎は苛立った。

大木重蔵は、邏卒たちに箱館の町を捜索させた。だが、新八の行方は摑めなかった。当然、松前城下にも部下を派遣し、杉村家を密かに監視させた。永倉新八が、松前藩江戸詰藩士永倉勘次の息子だと知れるのに時は掛からなかった。

弥十郎は、己の至らなさに腹が立った。

永倉新八は、土方歳三の首をさらすのを阻止しようとしている。それが、新八の目的なのだ。

弥十郎は焦りを覚えた。

五稜郭城内での歳三の死体発掘は、何の成果もないまま続けられていた。携《たずさ》わっている邏卒や人足たちは、既に厭《あ》きていて作業は次第に遅くなっていた。

弥十郎の焦燥は募るばかりだった。

新八は、大森浜を津軽海峡沿いに御殿山に通い、山崎作之助を探した。だが、山崎の顔を知らない新八には難しい仕事と云えた。

お仙と鉄之助は、竜尊寺に新八を訪ねて来なかった。それは、弾正台の密偵たちが、まだお仙の店を監視下に置いている証にほかならない。

新八は、一人で行動するしかなかった。

お仙の店の修理は終わり、飯時には常連客で賑わった。

お仙と鉄之助は出掛けもせず、忙しく働いていた。

「何の動きもないのか……」

大木重蔵は眉を歪《ゆが》めた。

「はい……」

密偵の才次は、悔しげに頷いた。

お仙たちは密偵の監視に気付き、動かずにいる……。

大木はそう睨んだ。


「それで、監視を解くというのか」

弥十郎は眉をひそめた。

「はい。監視を解かない限り、お仙と市村鉄之助はおそらく永倉新八の許に行くことはありますまい」

大木は断言した。

「何もしなければ、何も動きはしないか……」

弥十郎の顔は、苦渋に満ち溢《あふ》れた。

「おそらく……」

「ならば、こちらから引きずり出してくれる」

弥十郎は、苛立たしげに言い放った。


お仙の飯屋は、昼飯の忙しい時も過ぎてひと息ついていた。

お仙と鉄之助は、遅い昼飯を食べ終えて晩飯の仕込みをしていた。

「じゃあお仙さん、豆腐が十丁ですね」

「ええ。豆腐屋の親父さんに云えば分かりますよ」

「心得ました。行ってきます」

「お願いね」

お仙は、豆腐屋に使いに行く鉄之助を見送り、煮物に使う野菜を洗い続けた。

二人の浪人が、店に入って来た。

「邪魔をする」

「申し訳ございませんが、晩御飯はまだなんですよ」

お仙は、大根を洗いながら断った。

「そうだな、晩飯には早過ぎるな」

浪人たちは鼻先で笑った。

客じゃない……。

お仙は思わず後退りした。

次の瞬間、浪人の一人がお仙に飛び掛かり、鳩尾《みぞおち》に当て身を入れた。

お仙は短い呻《うめ》きをあげて気を失い、その場に崩れ落ちた。


鉄之助が帰って来た時、お仙の姿は何処にもなかった。

妙だ……。

洗っていた野菜はそのままになっており、竈《かまど》の火は燃え尽きて鍋の湯はぬるくなっていた。

鉄之助はお仙を探した。そして、店先に落ちていた銀の簪《かんざし》に気付いた。お仙の簪だった。

拉致《らち》された……。

鉄之助は気が付いた。

お仙は、何者かに連れ去られたのだ。

新八に報せなくては……。

鉄之助は慌てた。そして、新八のいる大森浜の竜尊寺に駆けつけようとした。

だが、鉄之助は密偵の存在を思い出した。

密偵たちは、鉄之助が新八に報せに行くのを待っているのかも知れない。

下手に動けば弾正台の思う壺だ……。

鉄之助は迷い、躊躇《ためら》った挙句《あげく》、竜尊寺に駆けつけるのを思いとどまった。だが、お仙を拉致されたままにしてはおけない。

鉄之助は混乱し、困惑した。

「おう、ごめんよ」

常連客の人足の富吉《とみきち》が、暖簾を潜って入ってきた。

「急ぎの仕事で昼飯を食いっぱぐれてしまってな。悪いが茶漬けでも食わしてくれねえか」

富吉は手を合わせた。

「今、それどころじゃあ……」

鉄之助は、次の言葉を慌てて飲んだ。

「富吉っつあん。仕事はもう終わったのですか」

「ああ。終わったよ」

「じゃあ飯をご馳走しますから、使いを頼まれてはくれませんか……」

鉄之助は、藁《わら》にも縋《すが》る思いだった。


「ご馳走さん」

四半刻後、人足は爪楊枝《つまようじ》を使いながらお仙の店から出て来た。

「毎度、ありがとうございました」

鉄之助は、帰って行く人足の富吉を見送り、真新しい戸を閉めた。

才次たち密偵は、鉄之助を見守っていた。

鉄之助はお仙がいなくなったことを、必ず永倉新八に報せに行くはずだ。

才次たち密偵は、鉄之助が動くのを待った。だが、その気配はまだ窺えない。

才次たち密偵は待つしかなかった。


暗い部屋には黴《かび》の臭いが漂っていた。

お仙は、暗闇にようやく慣れた眼で部屋の中を見廻した。

石の床と壁、そして一方にはがっしりとした格子《こうし》が組まれていた。

お仙は身を起こそうとした。だが、後ろ手に縛られたお仙は、中々《なかなか》起きることができなかった。

石壁の冷たさが、着物を透して背中に感じられた。

壁の三面が石で組まれ、残る一面に太い格子がはめ込まれている。

牢屋……。

ここが弾正台の牢屋だとしたら、外鞘《そとざや》に明かりが灯され、牢番の気配もあるはずだ。だが、明かりも牢番の気配もなく静けさだけが覆《おお》っていた。

弾正台の牢屋ではない……。

暗い静寂の澱《よど》みに、水が一定の間隔で滴り落ちる音が微かに響いてくる。

お仙は思わず身震いした。


「旦那……」

庫裏の框《かまち》に腰掛けていた人足が、新八の顔を見て立ち上がった。

「あれ、確か富吉だったな」

「へい」

「杉村さん、お主に用があって来たそうだ」

良庵が囲炉裏端から告げた。

「へい。鉄之助さんに頼まれて……」

富吉は懐から手紙を出し、新八に差し出した。

鉄之助は、富吉が茶漬けを食べている間に新八に手紙を書いたのだ。

「鉄之助が……」

「へい……」

新八は鉄之助の手紙を読みながら、己の顔が強張っていくのを感じていた。

お仙は拉致された。

おそらく古高弥十郎が、新八の行方を突き止めるためにしたことなのだ。

「旦那、あっしはこれで……」

富吉が遠慮がちに声を掛けた。

「ああ。わざわざすまなかったな」

新八は礼を述べ、心付けを渡した。

「いけませんや、旦那」

「駄賃だ。遠慮するな」

「いいえ。駄賃なら鉄之助さんに昼飯をご馳走になりましたから……」

「だったら皆と一杯やってくれ」

新八は富吉に心付けを握らせた。

「そうですか。すみません。じゃあ遠慮なく。和尚さま、どうもご馳走さまでした」

「うむ。気をつけてな」

富吉は良庵に茶の礼を云い、心付けを握り締めて箱館の町に帰って行った。

「何かあったのか」

良庵は囲炉裏に粗朶《そだ》を入れた。

炎が燃え上がった。

「お仙さんが何者かに連れ去られたそうです」

「お仙が……」

良庵は眉をひそめた。

「おそらく弾正台の仕業《しわざ》でしょう」

「弾正台か……」

「ええ。私の居場所を突き止めたいのか……」

「お前さんを誘《おび》き出そうとしているのか」

良庵は、新八の言葉を引き取った。

「どっちにしろ、もう隠れてばかりはいられません」

「どうやらそのようだ」

良庵は頷いた。

「先ずは、お仙が何処に連れて行かれたかだな」

「ええ……」

「弾正台かもしれぬな」

「いいえ。狙いは私。まともな真似はしないでしょう」

「弾正台ではないか……」

良庵は厳しい面持ちになった。

「古高弥十郎は、おそらくすべてを隠密裏に始末しようとしています」

新八はそう睨んだ。

「そいつは、五稜郭の戦で死んだお前さんの昔の仲間と関わりがあるのかな」

「ご住職。お気付きだと思うが、私の昔の仲間は新撰組副長土方歳三です」

「うむ……」

良庵は頷いた。

「弾正台の古高弥十郎は、従兄・俊太郎の仇《かたき》として土方さんを恨み、死体を掘り出してその首をさらそうと企《たくら》んでいるのです」

「お前さんは、そいつを止めようとしているのか」

「共に戦い、血と汗を流した同志の首をさらさせるわけにはいかない」

「お前さんも新撰組か……」

「死ぬ時を逃し、生き残ってしまった者です」

新八は己を嘲笑《あざわら》った。

「潔《いさぎよ》く死ぬより、恥を抱えて生き続けるのが人というものだ」

良庵は、優しげな笑みを浮かべた。

恥を抱えて生き続けるのが人……。

新八は、良庵の言葉を噛み締めた。

「で、どうする」

良庵は新八を窺った。

「とにかくお仙さんを助け出します」

「己の身を危険にさらしてもか……」

「己を懸けずして事は成りません」

新八は不敵に言い放った。
湊の傍の古い小さな飯屋は、縄暖簾を仕舞って新しい戸を閉めていた。
鉄之助は、お仙がいなくなってから店を閉めた。
店の周囲には密偵たちが潜み、見張っているはずだ。
新八に報せた今、ほかに何をすべきなのだ。
鉄之助は考えた。そして、お仙を探しに行くと決めた。
密偵がついて来るならそれでもいい……。
密偵たちの眼を惑わし、混乱させることができる。
せめてもの抗《あらが》いだ……。
鉄之助は、裏口から店を出て湊に向かった。
周囲の家や路地の陰で何かが動いた。
密偵たちだ……。
鉄之助は湊に急いだ。
湊では、人足たちが荷物の積み降ろしに忙しく働いていた。
鉄之助は、忙しく働く人足たちの間を足早にすり抜けた。

才次たち密偵は、見失いそうになる鉄之助を懸命に追った。

暗闇に戸の軋《きし》む音が響いた。

お仙は身を縮め、音のした暗闇を見詰めた。

幾つかの足音が、灯りと一緒に鞘土間《さやどま》をやって来た。

お仙は身構えた。

ランプを持った浪人が、弾正台の官服を着た男と格子の向こうに現れた。

浪人がランプの灯りを壁の掛《か》け燭《じょく》に移した。石牢の中が照らされ、仄《ほの》かに浮かび上がった。

弾正台の官服を着た男は古高弥十郎だ。

お仙はそう思った。

弥十郎の狙いは、永倉新八なのか、それとも土方歳三なのか……。

お仙は弥十郎を睨みつけた。

弥十郎は苦笑した。

「永倉新八は何処にいる」

弥十郎の狙いは永倉新八だった。

私と歳三さまの関わりには気付いていない……。

お仙は少なからず安堵《あんど》した。

「何処にいる……」

弥十郎は、お仙を見据えて静かに尋ねた。

冷たい眼だった。

「知りませんよ」

お仙は、弥十郎の視線を必死に受け止めた。

「知らぬはずはあるまい」

弥十郎の冷たい眼に嘲《あざけ》りが滲んだ。

「知らないものは知らないんだよ」

耐え切れなかった。

お仙は、弥十郎の視線を避けた。

「お仙、永倉新八とはどのような関わりだ」

弥十郎は尋問の主旨を変えた。

「江戸からの知り合いですよ」

「永倉が新撰組に入る前からか……」

「ええ……」

お仙と新八が知り合ったのは、近藤勇の剣術道場・試衛館でだ。

お仙は素直に答えた。

「永倉が身を潜めている場所に心当たりはないか……」

「さあ……」

「正直に教えれば放免してやるが、さもなければここで生涯を終えることになる」

弥十郎の声音は一段と沈み、冷たい眼に嘲りが広がった。

次の瞬間、お仙は頬に鮮烈な痛みを覚え、横倒しに倒れた。

弥十郎の平手打ちが飛んだのだ。

お仙は続いて長靴で腹を蹴られ、思わず呻いた。弥十郎は、嘲笑を浮かべてお仙の着物の裾を割った。お仙は身を縮めた。

弥十郎は、むき出しになったお仙の白い太股を長靴で蹴った。後ろ手に縛られたお仙に躱《かわ》す術《すべ》はない。弥十郎はお仙の太股を蹴り、激しく痛めつけた。

弥十郎の責めは続いた。

お仙の太股の痛みは、やがて痺《しび》れとなった。

弥十郎はお仙の胸倉を鷲摑《わしづか》みにして、引きずり起こした。弥十郎の眼は、責めの効果を見定める冷徹なものだった。

「殺されたって知らないものは知らない……」

お仙は髪を乱し、苦しく息を鳴らした。

「云おうが云うまいが、どうでもいい。お前を助けに来る永倉新八の足手まといになればいいのだ」

弥十郎は、酷薄な眼に楽しげな笑みを滲ませた。

お仙は、弥十郎の計算された冷酷さを思い知らされた。

「これから毎日、痛めつけてくれる」

弥十郎はお仙に嘲笑を浴びせ、格子の前から離れた。

「死ぬなよ」

浪人は、無精髭《ぶしょうひげ》の中に黄色い歯を見せた。そして、ランプを掲げて弥十郎と鞘土間を立ち去った。足音が遠ざかり、やがて戸の閉まる音がした。

お仙は吐息を洩らした。途端に身体中に激痛が駆け巡った。

長靴で蹴り続けられた白い太股は、赤く腫《は》れ上がり血が滲んでいた。

鞘土間の壁の掛け燭の灯りが、今にも消えそうに揺れていた。

お仙は、身を縮めて激痛に堪えた。

死んでたまるもんですか……。

お仙は歳三の顔を思い浮かべ、懸命に激痛に堪えた。

「歳三さま……」

お仙の呟きが、虚しく木霊《こだま》した。


牢舎の表は夕陽に溢れていた。

弥十郎は赤い夕陽に照らされ、眩しげに眼を細めた。

続いて出て来た浪人が、牢舎の扉に鍵を掛けた。

「構えて油断致すな」

「心得ました」

弥十郎は浪人に見張りを命じ、牢舎を離れた。

邏卒と人足たちが、地面を掘り返していた。

お仙が捕らわれた牢屋は、五稜郭城内にあった。

「大木……」

弥十郎は呼び掛けた。

人足たちの指揮をしていた大木重蔵が、弥十郎の傍に駆け寄った。

「如何《いかが》でした。お仙は……」

「気の強い女だ」

弥十郎は鼻の先で笑った。

「本当に永倉新八の居場所、知っているんでしょうか」

「所詮《しょせん》は永倉新八を誘き寄せる餌《えさ》。そのようなことはどうでもいい」

「はい」

「永倉は何処でどう突き止めてくるか分からない。警戒を怠るな」

「ですが、永倉は此処を突き止められますかな」

大木は首を傾けた。

「新撰組の永倉新八だ。儂《わし》を脅してでも突き止めようとするだろう」

弥十郎は不敵に笑った。

「では……」

弥十郎は、お仙を餌にして新八を己の許に誘き出す覚悟なのだ。

土方歳三の首をさらす。

邪魔する者は、どのような手立てを使ってでも必ず始末する。

弥十郎は執念深さを見せた。

邏卒と人足たちは、黙々と作業を続けていた。

四

箱館の町はまだ狭い。

鉄之助は歩き廻った。

弾正台の密偵たちは、鉄之助を尾行し続けていた。

何処までも引きずり廻してやる……。

鉄之助は尤もらしく尾行を警戒し、当てもなく歩き続けた。

才次たち密偵は、鉄之助が新八と連絡を取ったり、その居場所に行く可能性がある限り、尾行しなければならなかった。

密偵たちは、鉄之助の背後を取り囲むように尾行した。

鉄之助は、密偵たちを引き付けて歩き続けた。

密偵を引き付けていれば、永倉さんは動きやすくなる……。

鉄之助は、そう信じて海辺を歩いた。

夕陽は御殿山の陰に沈み始めた。

お仙の飯屋は暗く沈んでいた。

竈の灰は固くなりかけ、店の中は冷え冷えとしていた。誰もいなくなって数刻が経っている。

新八は暗い店内に潜み、表を窺った。

蹲《うずくま》っている人影が、斜向かいの路地の暗がりに見えた。

密偵だ。

新八は、尚も表を見廻した。

他に潜んでいる人影はなかった。

新八が入って来た店の裏手にも密偵はいなかった。

密偵は表に一人だけだ。そして、鉄之助が出掛けて時は過ぎている。

新八は情況を読んだ。

何故、密偵が一人しかいないのだ。

新八は、理由が分からなかった。だが、動きやすくなったのは確かだ。

新八は裏口から店の外に出た。そして、大きく迂回《うかい》して、路地に潜む密偵の背後に廻り込んだ。

密偵の善助《ぜんすけ》は、動きのない張り込みに厭きて欠伸《あくび》を嚙み殺した。その時、風が背後で微かに巻いた。

善助は振り向こうとした。刹那《せつな》、顔の横に白刃が突き出された。

善助は凍《い》てついた。

白刃が善助の頰を撫でた。刃が冷たく滑り、痒《かゆ》みと共に生温かい血が溢れた。

血は頰を伝って滴り落ちた。

動けば斬られる……。

善助は恐怖に包まれた。

「お仙は何処にいる」

男の押し殺した声がした。

「知らぬ……」

白刃が僅かに引かれた。

痛みが走り、さらに血が流れた。

「本当だ。本当に知らない」

善助は、恐怖に喉を引きつらせた。

「弾正台か……」

「ち、違う。弾正台の牢にはいない」

「ならば何処だ」

「俺の知らない処だ……」

善助は涙声になった。

「本当だ。信じてくれ、俺は本当に知らないんだ」

善助はすすり泣き始めた。

これまでだ……。

新八は見極めた。そして、刀を鋭く一閃《いっせん》した。

善助は、首のつけ根を刀の峰で打ち据えられ、気を失って崩れ落ちた。

お仙は、弾正台の牢以外の処に囚われている。

何処だ……。

新八は思いを巡らせた。だが、思い当たる場所は浮かばなかった。

嘲笑う古高弥十郎の顔が、夜の暗闇に過ぎった。

新八は焦らずにはいられなかった。


拳銃は黒く光っている。

古高弥十郎は、手入れを終えた拳銃に弾丸を込めた。

永倉新八は必ず来る……。

弥十郎は、新八がお仙を助けに来ると信じていた。

現れた永倉新八を射殺し、土方歳三の首と一緒に獄門台にさらす……。

弥十郎は拳銃を握り、新八が現れるのを待った。

永倉新八は神道無念流の達人であり、斬り合いも場数を踏んだ玄人《くろうと》だ。

弥十郎もそれなりに剣を学んだが、近江の田舎剣術などたかが知れている。新八とまともに斬り合えるはずもなければ、勝てるつもりもない。

拳銃で撃ち殺す。

新八を倒す手立てはそれしかない……。

弥十郎は夜の静寂に溶け込み、五感を研《と》ぎ澄ませて新八を待った。


人足や船子たちの酒に酔った声が、花街から微かに流れてくる。

新政府の真新しい官舎は、月明かりを浴びて木の香りを漂わせていた。

古高弥十郎の屋敷は、建ち並ぶ官舎の中にあった。

古高屋敷の前に人影が佇んだ。

新八だった。

新八は屋敷を見廻し、忍び口を探した。

「今夜は盗人の真似ですか」

暗がりから男の声が掛かった。

新八は、予期せぬ声に身構えた。

頬被《ほっかむ》りをした人足が、暗がりから現れた。

不覚だった……。

新八は人足の存在に気付かなかった己を恥じ、暗がりを透かし見た。

「新八さん、私ですよ」

人足は頬被りを取り、悪戯《いたずら》っぽい笑顔を見せた。

「お前さん……」

人足は、新八を兄・伊東甲子太郎の仇として付け狙った鈴木三樹三郎に雇われていた浪人の森川伝七郎だった。

新八は、森川を怪訝に見詰めた。

「古高弥十郎は、あんたが来るのを待ち構えているよ」

森川は笑顔で告げた。

「ええ。あんたがお仙の居場所を聞き出しに来ると信じてね」

「古高が……」

「待ち伏せか……」

「ま、そうなるかな」

古高弥十郎は新八の動きを読み、己を餌にして誘き出そうとしている。

どっちもどっち、狸《たぬき》と狐《きつね》だ……。

新八は、弥十郎に自分と同じ匂いを感じ、苦笑せずにはいられなかった。

「待ち伏せしていても乗り込むかい……」

森川は、楽しげに新八を見ていた。

新八はつられて笑った。

「お前さん、何処でそいつを聞いてきたんだ」

「新八さん、私は今、弾正台の日雇い人足をしているんだよ」

森川は人足姿を見せた。

「弾正台の……」

弾正台の日雇い人足となると、働いている場所は五稜郭だ。

新八は緊張した。

「五稜郭か……」

「ああ。あっちこっち掘り返して死体探しの毎日だ」

森川伝七郎は、歳三の死体発掘の人足仕事をしていた。

「今日、そこに古高弥十郎がやって来てね」

「古高が五稜郭に……」

お仙は、五稜郭城内に囚われている。

新八の直感が囁いた。

「城内の牢屋に用があったようだ」

森川は、新八の腹を見透かすような笑みを浮かべた。

お仙は、新八の直感どおり、五稜郭城内の牢屋にいるのだ。

古高の待ち伏せに乗る必要はない。

「助かったぜ」

新八は森川に礼を云った。

「で、どうします」

森川が古高と密かに通じ、罠《わな》を仕掛けて来ているのかも知れない。

懸念が新八を過ぎった。

その時はその時……。

今は森川を信じるしかない。

新八は己に言い聞かせた。

「できることなら、今夜の内に片付けたいものだが……」

新八は森川を窺った。

「構いませんよ。じゃあ……」

森川は新八を促した。

「五稜郭の城内に潜り込めるのか」

「そりゃあもう。なんといっても、今や人足の小頭《こがしら》ですからね」

森川は笑ってみせた。己を嘲る笑いだった。

「そいつは出世したものだ」

新八は森川伝七郎と五稜郭に向かった。


手燭の灯りは、店内を仄かに照らした。

鉄之助はお仙の店に戻り、店内に異常のないのを確かめた。そして、竈の下の土間に薪《たきぎ》の燃えさしで〝大森浜〟と書き残されているのに気付いた。

新八が来たのだ。

鉄之助の顔に喜びが浮かんだ。

その時、店の表にざわめきが起こった。

鉄之助は窓辺に走り、障子の隙間から表を窺った。

斜向かいの路地に行商人たちが集まり、気を失っている男を介抱していた。

新八が、見張っていた密偵を倒したのだ。そして、鉄之助を追っていた密偵たちが戻り、慌てて介抱しているのだ。

今なら裏手に密偵はいない……。

鉄之助は裏口に走った。


五稜郭の濠《ほり》は月明かりを映していた。

森川と新八は、城郭前の堤を下り、濠で囲まれた半月堡《はんげつほ》の傍を通って橋を渡った。門があった。

「誰だ」

門衛の声が響いた。

「俺だ、小頭の伝七《でんしち》だ」

森川は怒鳴り返し、顔を見せた。

門が軋《きし》みを鳴らして開いた。

森川は新八を促し、門を潜って五稜郭城内に入った。

「そっちの男は」

門衛が新八に銃を向けた。

「明日から人足働きをしたいって奇特な野郎だ」

森川は新八を押し出した。

新八は笑って見せた。

蝦夷に一旗あげに来て食い詰めた浪人は多い。

門衛は銃を下ろし、大した不審を抱かずに新八を通した。

森川と新八は、突き当たりの見隠土塁《みかくしどるい》の横を抜けた。

見隠土塁は、門を破って押し寄せる敵を防ぎ、分散させるものである。

城内には、旧箱館奉行所政庁や兵舎、火薬庫などの建物があり、土塁の傍には掘り返しては埋めた跡があった。

「何か見つかったのか」

新八は掘り返した跡を示した。

「ああ。名もねえ奴らの哀しい夢の跡がね」

森川は、哀しげに答えた。

新八は、戦って死んだ者たちに片手拝みに礼を尽くした。

「さあ、こっちだ」

森川は牢舎に急いだ。

「うむ」

新八が続いた。


牢舎の前には篝火《かがりび》が燃やされ、四人の浪人が警固していた。

新八と森川は、土塁の陰に潜んで様子を窺った。

「見張りは四人か……」

「ああ。昼間は一人だが、夜は四人だ」

新八は、四人の浪人の様子を窺った。

四人の浪人は、二人ずつ組になって戸口を護《まも》り、周囲の見廻りをしている。

森川の云ったとおり、牢舎にお仙が囚われているのは確かなようだ。

「どうする」

「奴らを倒すしかあるまい」
新八は不敵に言い放った。
「よし……」
森川は薄汚い手拭で覆面《ふくめん》をし、落ちていた棒を拾った。
新八も手拭で顔を隠し、飛び出す機会を窺った。
二人が牢舎の周囲の見廻りに出て、残る二人が戸口の警固に付いた。
今だ……。
新八は暗がり伝いに牢舎に走った。森川が続いた。
警固の浪人たちが新八に気付き、慌てて刀を抜いた。
刹那、新八の刀が閃光を放った。
二人の浪人は、首の血脈を断ち斬られ、悲鳴をあげる暇《いとま》もなく倒れた。
見事な手練《しゅれん》だった。
森川の背筋に戦慄が走った。
新八は息も乱さず牢獄の鍵を取り、篝火の一本を手にした。
火の粉が夜空に舞った。
新八は、篝火を翳《かざ》して牢舎に踏み込んだ。

森川が慌てて追った。

外鞘の石畳に篝火が映えた。

新八は、右手に続く牢屋を覗きながら奥に進んだ。

やがて、牢屋の一つに倒れているお仙の姿が見えた。

篝火に照らし出されたお仙は、牢屋の隅で無残に身を縮めていた。

「お仙さん……」

新八は呼び掛けた。

お仙の背が微かに動いた。

「お仙さん、俺だ、新八だ」

新八は篝火を森川に預け、奪った鍵で格子戸の錠前を解いた。

「新八さん……」

お仙は疲れ果てた顔を向け、必死に起き上がろうとした。だが、弥十郎に痛めつけられた脚は動かなかった。お仙は顔を歪めて倒れた。

「どうした」

新八はお仙の脚を診た。

お仙の白い太股が、青黒く腫れあがり血を滲ませていた。

「古高の仕業か……」

「助けに来た永倉さんの足手まといになるようにと……」

お仙は激痛に顔を歪めた。

新八は、古高弥十郎の冷徹さを思い知らされた。

「新八さん、そろそろ見廻りが戻って来る」

森川が焦りを滲ませた。

「お仙さん……」

新八はお仙に背を向け、早く乗るように促した。

「でも……」

お仙は躊躇った。

「早く」

新八は厳しく命じた。

「すみません」

お仙は新八の背に乗った。

森川は牢舎の外を窺った。

見廻りの二人の浪人は、まだ戻って来てはいなかった。

「大丈夫だ」

「よし。先ずは兵舎の陰まで走る」

新八は、背中のお仙を揺すりあげた。

「心得た」

森川の返事を確認した新八が、走り出そうとした。その時、二人の浪人が見廻りから戻って来た。

「おのれ、曲者《くせもの》」

浪人の一人が、お仙を背負った新八に猛然と襲い掛かった。

森川が篝火を投げつけた。

新八に襲い掛かった浪人が、咄嗟《とっさ》に刀で叩き落とした。

火の粉が飛び散り、煙が渦巻いた。

浪人は怯《ひる》んだ。

次の瞬間、森川が棒で浪人を殴り倒した。

残る浪人が、お仙を背負った新八に追い縋った。

新八が、振り向きざまに刀を横薙《よこな》ぎに走らせた。
刀の瞬《また》きが、浪人の胸元を貫いた。
浪人は苦しく呻き、その場に崩れ落ちた。
新八は、お仙を背負って走った。
呼子笛《よびこぶえ》が鳴り響いた。
兵舎の窓に明かりが灯り、人のざわめきがした。
「新八さん、このまま門を出た方がいい」
森川が背後で叫んだ。
「心得た」
新八はお仙を背負い、兵舎の横を駆け抜けて見隠土塁の陰の暗がりに潜んだ。
続いて森川が身を潜めた。
見隠土塁の向こうに外に出る門があり、門衛たちが銃を構えている。
追手が迫って来た。
「お仙さんを頼む」
新八はお仙を森川に預け、見隠土塁にあがった。そして、門を見下ろした。
二人の門衛が、見隠土塁の左右の端に向かって銃を構えていた。

新八は、右側の門衛の頭上に飛び下り、刀を鋭く斬り下ろした。

右側の門衛が、袈裟懸《けさが》けに斬られて呆然《ぼうぜん》と立ち尽くした。新八は反転し、左手にいる門衛に駆け寄った。

門衛が驚き、銃を新八に向けた。

刹那、新八の刀が閃光を放ち、門衛の銃を握る腕が夜空に斬り飛ばされた。

門衛は悲鳴をあげて転げ廻った。

「森川」

新八が叫んだ。

森川がお仙を助け、見隠土塁の向こうから現れた。

新八はお仙を背負い、森川が開けた門を走り出た。

門に駆け寄った追手が銃を撃った。

新八と森川は走った。

お仙の息が、新八の耳元で荒く弾んだ。

銃声が轟《とどろ》き、銃弾が逃げる新八たちの周囲を貫いた。

新八と森川は、飛来する銃弾をかい潜って走り続けた。

古高弥十郎は、お仙脱獄の急報に愕然《がくぜん》とした。

お仙を助け出したのは二人の男。そのうちの一人が永倉新八なのは間違いなかった。

何故、新八はお仙が五稜郭の牢にいるのを知り、僅かな時で助け出すことができたのか。

弥十郎は、事態を冷静に分析した。

内通者がいた……。

弥十郎の分析は、内通者の存在に行き着いた。

おのれ、何者だ……。

弥十郎は、濡縁《ぬれえん》に出て拳銃を乱射した。

夜空に響く銃声は、弥十郎の懸命に押し殺した悔しさと苛立ちだった。


夜が終わり、水平線が次第にはっきりしてきた。

朝陽が荒海の奥から昇り、まもなく夜が明ける。

新八はお仙を背負い、津軽海峡の海辺に抜けて大森浜の竜尊寺に急いでいた。

「新八さん」

森川伝七郎が、息を荒く鳴らして呼び止めた。

新八は立ち止まり、背中からお仙を降ろした。

「どうした」

「どこまで行くんだ」

「黙ってついてくるがいい」

新八は、森川に竜尊寺を教えていなかった。

そこには、森川を今ひとつ信用できないものを感じていたからだ。

「俺はここから箱館に行くぜ」

森川は岩に腰掛け、顔を隠していた手拭をとって笑った。

「大丈夫か……」

新八は眉をひそめた。

森川は、既に五稜郭の日雇い人足に戻れはしない。

「ああ。古高弥十郎がどう出るか、見定めて来る」

森川は笑った。

弥十郎がどう出るか見守る必要はある。そして、今別れれば、森川に竜尊寺を知られる心配はない。新八にとって森川伝七郎と別れるのは、好都合とも云えた。

「分かった。好きにするがいい。とにかく此度《このたび》は助かった。礼を云う」

「本当にありがとうございました」

お仙は、森川に深々と頭を下げた。

「なあにどうってことはないさ。じゃあな」

森川は屈託のない笑顔を見せ、箱館に向かって行った。

「新八さん……」

お仙は、心配げに新八を見上げた。

「森川なら心配無用だ。さあ、行くか」

新八は、お仙を背中に乗るように促した。

「新八さん、もう大丈夫だと思います」

お仙は歩き出そうとした。だが、顔を歪めて蹲った。

「無理はしない方がいい」

新八は、お仙の前に背を向けてしゃがみ込んだ。

「すみません……」

お仙は新八の背に乗った。

新八は、お仙を背負って海辺を歩き出した。
朝陽は昇り、水平線を赤く染めた。
夜が明けた。

第四章　幻の首

一

竜尊寺は朝靄《あさもや》に包まれていた。

住職の良庵と寺男の作造は、おそらくまだ起きてはいない。

新八はそう睨《にら》み、家作に廻ろうとした。

「永倉さん、お仙さん」

鉄之助が、庫裏《くり》から飛び出して来た。

「鉄之助……」

「よかった。お仙さん、無事でよかった」

鉄之助は、泣き出さんばかりに顔を歪《ゆが》めて喜んだ。

「鉄之助さん……」

お仙は笑ってみせた。

「鉄之助、湯を沸かせ」

「はい」

鉄之助は庫裏に駆け込んだ。

新八はお仙を背負い、庫裏に入った。

囲炉裏には炎が燃えあがり、庫裏は暖まっていた。

鉄之助は竈《かまど》に火を移し、湯を沸かし始めた。

新八は、お仙を囲炉裏端に座らせた。そして、自在鉤《じざいかぎ》に掛かった鉄瓶《てつびん》の湯を湯呑茶碗に注いでお仙に差し出した。

「すみません」

「大丈夫か……」

「ええ……」

お仙は、湯気の昇る白湯《さゆ》を飲んだ。

「鉄之助、ご住職はまだ寝ているのか」

「きっと……」

昨夜、鉄之助は箱館のお仙の店を抜け出し、大森浜にやって来た。そして、竜尊寺を探し廻り、ようやく辿《たど》り着いていた。

住職の良庵は、鉄之助を迎え入れてくれた。

「作造さんはいないのか」

新八は尋ねた。

お仙が、湯呑茶碗の湯に息を吹き掛けた。

立ち昇る湯気が散った。

「作造さんとは……」

鉄之助は眉を寄せた。

「ここの寺男だ」

「さあ。私が来た時からいませんでしたが……」

鉄之助は首を捻った。

「そうか……」

作造は出掛けている。

「新八さん、お湯が沸きました」

竈に掛けられた大鍋から湯気が立ち昇った。

「お仙さん、傷の手当てをしよう」

新八は、お仙の青黒く腫れあがった太股を拭いた。

お仙は、蘇《よみがえ》る激痛に顔を歪めた。

鉄之助は、自分のことのように眉をひそめた。

新八は、お仙の太股を押さえて診た。骨が折れている様子はなかった。

「骨は折れてはいない。ただの打ち身だ」

「はい……」

お仙は、安堵の吐息を洩らした。

新八は、青黒く腫れあがった太股に酒を吹き付け、さらしを巻いた。

「二、三日で歩けるだろう」

「はい。造作を掛けました」

お仙は着物を直し、身繕《みづくろ》いをした。

「お仙、無事だったか」

良庵が寝巻きをはだけさせて入って来た。

「良庵さま、朝早くからお騒がせして申し訳ございません」

お仙は詫びた。

「いやいや。杉村さんに助けられたか」

良庵は囲炉裏端に座った。

「はい」

「何処《どこ》に囚われていたのだ」

良庵は新八を見た。

「五稜郭の牢です」

「五稜郭か」

「ええ……」

「それにしても、流石《さすが》は新撰組だ。やることが早いな」

良庵は妙に感心した。

新八は苦笑した。

「ところでご住職、作造さんが留守のようですが」

「うん。作造は暇を取った」

「暇を……」

突然のことだ。

新八は少なからず驚いた。

お仙は冷えた白湯を飲んだ。

「ああ。鉄之助、よかったらしばらく働いてくれぬか」

「はあ……」

鉄之助は、新八とお仙に視線を送った。

「いいじゃあない、鉄之助さん。どうせ、店には戻れないのだから。ねえ」

お仙は新八に同意を求めた。

竜尊寺は、古高弥十郎に知られていないはずだ。

「ま、しばらくここにいるしかあるまい」

新八は頷いた。


一刻後。

「ちょいと檀家《だんか》を廻ってくる」

朝飯を終えた良庵は、留守を新八と鉄之助に頼んで出掛けて行った。

疲れ果てていたお仙は、脚の痛みも忘れて眠りについた。

新八は、これからの行動に思いを巡らせている内に眠りに落ちた。

三人の浪人は、皆一太刀で急所を斬られていた。

永倉新八、恐るべき手練《てだれ》だ。

大木重蔵は戦慄を覚えた。

「おのれ……」

古高弥十郎は、怒りと屈辱に震えた。

「永倉新八、何がなんでも古高さまの邪魔をする気ですな」

「そうはさせん。土方歳三の首、必ず獄門台にさらしてくれる」

弥十郎は憎悪を滾《たぎ》らせた。

大木は、弥十郎の遺恨の深さを再認識した。

「大木、お仙は脚を痛めている、箱館の医者や薬屋、虱潰《しらみつぶ》しに調べろ」

「それは既に……」

大木は、既に箱館の医者と薬屋に邏卒《らそつ》たちを走らせていた。だが、関わりのある情報は、まだ何もあがってきてはいなかった。

「とにかく大木、土方歳三の首だ。歳三の首を一刻も早く探し出せ」

「心得ております」

大木は疲れを感じた。

弥十郎の同じ叱咤激励《しったげきれい》は、既に何度も聞いている。新政府の役目でのことなら納得もするが、土方歳三の死体探しは古高弥十郎個人の遺恨によるものでしかない。

大木は虚しさに包まれた。

お仙の店の監視は解かれた。

大木は、密偵の才次や善助たちを町に放ち、新八とお仙の行方を追わせた。

箱館の町には、さまざまな理由を持った多くの人がやって来て、多くの者が打ちのめされて帰って行く。帰る処がある者はいい。ない者は尚も未開の奥地に入るか、野垂《のたじ》れ死にをするしかない。

永倉新八とお仙も蝦夷から逃亡する可能性がある。

大木は湊《みなと》の警戒を厳重にし、お仙の身許を洗って立ち廻り先を割り出そうとした。

お仙は明治二年（一八六九）の春に箱館に現れ、湊の傍にあった古い小さな飯屋を居抜きで借りていた。

明治二年五月……。

官軍による箱館総攻撃が行われ、土方歳三をはじめとした多くの者が戦死して戊辰戦争は終わった。

大木は疑問を抱いた。

お仙は、官軍の総攻撃以前に箱館に来ている。そして、永倉新八は今年の三月に松前に到着している。お仙は、新八より先に箱館に来ているのだ。

何故だ……。

何故、お仙は新八より先に箱館に来ているのだ。

大木は疑問を募らせた。そして、一つの答えに行き着いた。

お仙は、新八と関わりなく箱館に来たのだ。

女が一人で北の果ての蝦夷・箱館に何をしに来たのだ。

一体、何のために……。

大木の疑問は、次々と湧きあがった。


土方歳三の遺体は、五稜郭城内にも埋められてはいない。

新八は、弥十郎たちの遺体探索にその思いを強くした。

歳三の遺体は、一本木関門と五稜郭城内にないのは確かだ。

歳三の遺体は何処だ……。

箱館総攻撃の混乱の最中、何処に埋めたというのだ。

山崎作之助……。

歳三の馬丁を務めていた山崎作之助だけが知っている。

やはり山崎作之助を探し出し、問い質《ただ》すしかないのだ。

新八はそう思った。


新八とお仙が、船で箱館の港を出て内地に向かった形跡はなかった。

才次と善助たち密偵の探索は、何の手掛かりも得られず徒労に終わっていた。

「善助、新八の野郎、町にはいねえんじゃあないかな」

才次は忙しく働く人足や船子たちを眺め、煙草《たばこ》の煙を吐き出した。

煙草の煙は、海風に吹かれて一瞬にして消えた。

「才次もそう思うか……」

「ああ。ひょっとしたら松前に逃げたのかもしれねえ」

「だけど、松前までは二十五里だ。脚を痛めつけられたお仙を連れて行くのは無理だ」

善助は思いを巡らせた。

「舟で行ったらどうだ」

「舟か……」

五稜郭から海に出て舟を雇い、松前に行くのは可能だ。

「それとも、大森浜か御殿山……」

「いずれにしろ箱館の町にはいないか……」

「違うかな」

「よし、俺は大森浜から御殿山を調べる。善助は、新八たちを松前まで舟に乗せた漁師がいるかどうか調べてくれ」

「分かった」

才次と善助は、探索の範囲を広げることにした。


風が微かに吹き抜けた。

お仙は眼を覚ました。

竜尊寺……。

お仙は、自分が何処にいるのか思い出した。

脚……。

お仙は、古高弥十郎に痛めつけられた脚を恐る恐る動かした。痛みが走った。

だが、一時の痛みより和《やわ》らいでいた。

お仙は吐息を洩らした。

歳三さま……。

お仙は歳三の顔を思い浮かべた。

古高弥十郎に歳三さまを渡してなるものか。

お仙は蒲団を出て庫裏に向かった。

庫裏には鉄之助が一人でいた。

「お仙さん……」

鉄之助は、お仙を囲炉裏端に座らせた。

「大丈夫ですか」

「お蔭さまで痛みも和らぎました」

「そりゃあよかった。今、お茶を淹《い》れます」

鉄之助は茶の仕度を始めた。

「新八さんは……」

「箱館に古高の動きを探りに行きました」

「良庵さまは……」

「檀家廻りに行ったままです」

「そうですか……」

鉄之助は、お仙に茶を差し出した。

「ありがとう」

「檀家廻り、何処まで行ったんですかね」

「さあ……」

お仙は茶を飲んだ。茶の温かさが、身体に心地よく染み渡った。心地よさは茶のせいだけではない。湧きあがる安堵感がそうさせていた。


弾正台の動きに変化は窺えなかった。

古高弥十郎はこれからどうするのか……。

新八は知りたかった。

森川伝七郎なら何か知っているのかも知れない。

森川伝七郎……。

本音が何処にあるのか分からない男だ。

お仙救出を手伝ってくれたのは、古高弥十郎に雇われてのことなのかも知れない。
疑えばきりがない……。
いずれにしろ、下手《へた》な接触はしないほうが無難だ。
新八は弾正台を離れ、山崎作之助を探しに御殿山の麓《ふもと》に向かった。

大木重蔵は、意外な事実に気付いた。
お仙の生まれ在所は、武州多摩郡石田村《ぶしゆうたまごおりいしだむら》だったのだ。
武州多摩郡石田村……。
聞き覚えのある地名だった。そして、大木は思い出した。
土方歳三が武州多摩郡の旧家に生まれたのを……。
土方歳三は明治元年（一八六八）の冬、旧幕府脱走軍の幹部として蝦夷に来ている。
お仙は、土方歳三を追って蝦夷・箱館に来たのだ。
大木は気が付いた。
お仙は、永倉新八ではなく、土方歳三と関わりがあったのだ。
土方歳三の埋葬場所は、お仙が知っているのかも知れない。

お仙には、永倉新八を誘き出す餌《えさ》としてより重要な価値があったのだ。

大木は悔やみ、先走った弥十郎に対し密かに怒りを覚えた。


御殿山への坂道は、心地よい風が吹き抜けていた。

新八は、北側の麓にある何軒かの百姓家を尋ね歩いた。

山崎作之助の顔を知らない新八は、己の勘だけを頼りに探した。だが、山崎らしき百姓に出逢うことはなかった。

やはり、山崎を知っている鉄之助と一緒でなければ無理なのだ。

新八は竜尊寺に戻ることにし、坂道に向かった。そして、坂道に出ようとした時、下って行く良庵の姿が見えた。

良庵さん……。

新八は坂道に急いだ。

良庵は、坂道を足早に下っていた。

何処に行くんだ……。

新八は後を尾け始めた。

良庵は、出掛けて来た目的を果たしたのか、足早に大森浜に向かっていた。

用を済ませて帰るところだ。

新八はそう判断した。

「良庵さん」

新八は声を掛けた。

良庵は止まり、強張《こわば》った面持ちで振り返った。

新八が駆け寄った。

「やあ、杉村さんか……」

良庵は顔の強張りを消し、笑顔で新八を迎えた。

「こんな処で何をしているんですか」

「この坂の上に檀家があってな。今日は、去年亡くなった隠居の祥月命日《しょうつきめいにち》だ」

良庵は額と首筋に滲《にじ》んだ汗を拭い、再び坂道を下り始めた。

「そうでしたか……」

新八は、良庵が下って来た坂道を見上げた。

坂道の途中に寺の屋根が見えた。以前、新八たちが聞き込みを掛けた天妙寺の屋根だった。

新八は、良庵に続いて坂道を下った。

「それで、杉村さんは何をしている」

「山崎作之助を探していたんですが、顔を知らない私一人じゃあ無理でしたよ」

「そうだろうな……」

良庵は苦笑した。

新八と良庵は、肩を並べて坂道を下った。

肥っている良庵の息が、荒く鳴っていた。


お仙の飯屋は、人の出入りしている気配も失せ、薄暗かった。

大木重蔵は、店に続いて板場の傍の小部屋と二階の部屋を調べた。

二階の部屋は、お仙が使っているらしく鏡台などがあった。

大木は、お仙と土方歳三の関わりを証明する物を探した。だが、二人の関わりを示す物は何一つなかった。

古い位牌《いはい》が、小さな茶簞笥《ちゃだんす》の上に祀《まつ》られていた。

大木は位牌を手に取り、書き記されている名前を読んだ。どうやら、お仙の両親の位牌のようだった。

歳三の位牌は……。

大木は、歳三の位牌がないのに気付いた。歳三を追って箱館まで来る間柄なら、位牌を作って祀っていても不思議はない。

お仙は、古高弥十郎に雇われた浪人に拉致《らち》された。当然、歳三の位牌は持ち出せないし、所持もしていなかった。

お仙が密かに取りに来たのか……。

だが、もし歳三の位牌を取りに来たとしたなら、どうして両親の位牌を残していったのだろう。

疑惑が静かに湧き始めた。

五稜郭から最も近い漁村は亀田村だった。

亀田村は箱館湊の一部になり始め、漁村としては寂《さび》れ始めていた。

密偵の善助は、お仙脱獄の夜に新八に雇われて松前に舟を出した漁師を探した。

善助の聞き込みは、中々《なかなか》実を結ばなかった。

津軽海峡の波は大きくうねり、岩に大きく砕け散っていた。

密偵の才次は、薬の行商人を装って大森浜の漁村で新八とお仙を探していた。

だが、善助同様、得るものはなかった。

大森浜は、御殿山の麓の立待岬《たちまちみさき》まで続いており、先は長い。

才次は諦めず、粘り強く探索を進めることにした。


雑炊《ぞうすい》の鍋は、囲炉裏の炎の上で湯気をあげている。

良庵と新八は酒を飲み、お仙と鉄之助は雑炊を食べていた。

「それにしても古高弥十郎、執念深い男だな」

良庵は呆れながらも感心し、湯呑茶碗の酒を飲んだ。

「本当に恐ろしい奴です」

鉄之助が眉をひそめた。

「なあに、馬鹿な穴掘り男だ」

良庵は、酒に酔ったのか軽口《かるくち》を叩いた。

「良庵さま……」

お仙が静かにたしなめた。

「こりゃあいかん」

良庵は、母親に怒られた子供のように肥った身体を縮めてみせた。

お仙は苦笑した。

違和感が新八を貫いた。

新八は、湯気の向こうで苦笑するお仙に奇妙な違和感を感じたのだ。

お仙の苦笑は、落ち着きでもあった。新八にはそれが奇妙であり、違和感を覚えたのだ。

何故だ……。

何故、箱館まで追って来た歳三の死体が暴かれそうな今、落ち着いていられるのだ。

お仙と良庵は、何らかの秘密を持っている。

新八の違和感は、不審に変わっていった。

「さあ、新八さん……」

良庵は新八に酒を勧めた。

新八は残っていた酒を飲み干し、空になった湯呑茶碗を良庵に差し出した。

「何故、俺が永倉新八だと知っている」

新八は、湯呑茶碗に満たされた酒を飲み、いきなり切り込んだ。

お仙は微かに狼狽《ろうばい》した。

良庵は、新八の間合いから逃れるように酒をすすった。

「そりゃあ、土方歳三の昔馴染《むかしなじ》みで松前藩と関わりがある者は、新撰組副長助勤の永倉新八しかおるまい。違うかな」

良庵は、笑みを浮かべて新八の顔を覗き込んだ。

見事な狸面《たぬきづら》だった。

新八は思わず苦笑した。

「さあて、そろそろ飯を食うか」

良庵は事もなげに云い、湯呑茶碗の酒を飲み干した。

まんまと狸に化かされた……。

新八は、良庵の老獪《ろうかい》さに躱《かわ》された。しかし、お仙と良庵に抱いた不審が消えることはなかった。

二

土方歳三の死体は、五稜郭城内からも見つからなかった。そして、新八とお仙たちの行方も摑めなかった。

「土方探しを中断して、様子を見ては如何《いかが》ですか」

大木重蔵は、古高弥十郎に土方歳三の死体探しの中断を提案した。

中断すれば、身を隠している新八たちが動き出すかも知れない。それが、大木の狙いだった。

「中断などできるものか」

だが、弥十郎は吐き棄てた。

「しかし、このままでは……」

「大木」

弥十郎は鋭く遮《さえぎ》った。

「はい……」

「ならば土方歳三の首、獄門台にさらしてやろう」

弥十郎は冷酷な笑みを浮かべた。

「古高さま。さらすといっても、土方の首はまだ……」

大木は、怪訝《けげん》な眼差しを弥十郎に向けた。

「大木、埋葬された土方の首は、既に腐り果てている」

弥十郎の言葉は、己の企《くわだ》てに生き生きと弾んだ。

大木は、弥十郎の企てに気が付いた。

「では、別人の首を土方だと……」

大木は眉をひそめた。

「そうだ。腐り果てた首を、土方歳三だと称して獄門台にさらしてくれる。さすれば永倉新八たちも驚き、必ず奪い取りに現れるはず。どうだ大木、妙案だと思わぬか」

弥十郎の眼は冷酷に輝き、口元は嬉しげにほころんでいる。

「ですが古高さま、もし首が偽物だと知れた時は……」

「大木、腐って顔も分からぬ死体に土方の軍服を着せれば、不審を抱く者はおらぬ。早々に土方の軍服を用意しろ」

土方歳三の偽首をさらし、現れた永倉新八を捕らえる。歳三の首が偽物だと露見しなければ、そのままさらし続ければよい。

古高弥十郎は、従兄・古高俊太郎の恨みを晴らしたことになるのだ。

「大木、一刻も早く仕度を整えろ」

弥十郎は、己の企てに酔い痴れた。

見知らぬ薬の行商人が、竜尊寺の周辺に現れた。

薬の行商人は、浪人と脚の悪い女を探している。

情報は、竜尊寺の檀家の百姓によって良庵にもたらされた。

良庵は、新八とお仙に告げた。

「その薬の行商人は、きっと私の店に来た弾正台の手先ですよ」

お仙は緊張した。

「やはりな……」

良庵は頷き、新八に視線を移した。

「どうする」

「始末するしかありますまい……」

密偵を放っておけば、新八とお仙が竜尊寺にいるのを必ず突き止められる。

新八は即断し、小さく笑った。

その日の午後、竜尊寺に薬の行商人が訪れた。

良庵が庫裏で応対した。

薬の行商人は、さまざまな薬を見せながら鋭い眼差しで庫裏の奥を窺った。

「どうだ……」

新八はお仙に確かめた。

「間違いありませんよ」

お仙は、薬の行商人を見詰めて頷いた。

薬の行商人は、弾正台の密偵・才次に間違いなかった。

「よし」

新八は、鉄之助を呼んだ。


良庵は、才次から打ち身の膏薬《こうやく》を買った。

才次は礼を述べ、荷物を背負って竜尊寺を出た。

打ち身の膏薬……。

才次の密偵としての触覚が働いた。

脚を痛めつけられたお仙のための膏薬かも知れない。

才次は、詳しく調べるため、竜尊寺の奥に忍び込もうとした。その時、寺から鉄之助が出て来た。

お仙の店を手伝っていた若い男……。

才次は、素早く身を隠した。

竜尊寺を出た鉄之助は、足早に海へ向かった。

鉄之助の行き先には、新八とお仙がいるかも知れない。

才次は鉄之助を追った。


海岸に出た鉄之助は、人気のない海辺を御殿山方面に進んだ。

才次は尾行した。

海は鉛色に染まり、空には雲が重く垂れ込めていた。いつもなら津軽海峡の向こうに見える陸奥国下北半島もその姿を隠していた。

鉄之助が立ち止まり、振り返った。

才次は、慌てて岩陰に隠れた。

「今更、隠れても手遅れだ」

背後に新八がいた。

「永倉新八……」

才次は凍《い》てついた。

罠《わな》……。

才次は、鉄之助が囮《おとり》だったと気付いた。

新八は、才次にゆっくり近付いた。

「弾正台の手先か……」

才次は荷物を投げ出し、脇差《わきざし》を抜いた。

鉄之助が刀を構えた。

「無駄な真似はするな」

新八は、才次に笑い掛けた。

「煩《うる》せえ」

才次は脇差を振り翳《かざ》し、逃げ道を作ろうと鉄之助に突進した。

鉄之助は、斬り下ろされた才次の脇差を辛うじて撥《は》ね退けた。

才次は体勢を立て直し、尚も鉄之助に斬り掛かった。

鉄之助は必死に応戦した。だが、腕力に勝る才次は、脇差を叩きつけて鉄之助を押し捲《まく》った。鉄之助は後退し、岩に脚をとられて仰向けに倒れた。

「死ね」

才次は、鉄之助の頭上に脇差を大きく振り被った。

鉄之助の顔が恐怖に歪んだ。

刹那《せつな》、駆け寄った新八が、刀を横薙《よこな》ぎに一閃《いっせん》した。光芒《こうぼう》が走り、脇差を握り締めた才次の右腕が斬り飛ばされた。斬り飛ばされた右腕は、血飛沫《ちしぶき》をあげて宙に舞った。

右腕を失った才次は、身体の均衡を失って激しくよろめき、岩場から海に落ちた。

鉄之助は激しく息を鳴らし、才次の落ちた海を覗き込んだ。

才次の姿は、鉛色の海の何処にも見えなかった。荒波のうねりは、一瞬の内に才次を飲み込んだのだ。

「永倉さん……」

「おそらく助かるまい」

新八は踵《きびす》を返した。

鉄之助が慌てて続いた。

荒波が轟音《ごうおん》をあげて岩に砕け、大きく舞い散った。

弾正台の手が大森浜に伸びて来た。

隠れてばかりいては後手を踏む……。

新八は、古高弥十郎の動きを探るため、鉄之助と箱館に向かった。

お仙の脚は腫れも引き、触らなければ痛みも感じず、日々の暮らしに支障はなくなった。

「どうします、良庵さま」

お仙は眉を曇らせた。

「今しばらく様子を見るしかあるまい」

良庵は茶をすすった。

「ですが、いつまでもこのままでは参りません」

お仙は吐息を洩らした。

「分かっている……」

良庵は苦しげに顔を歪めた。

お仙と良庵の気持ちとは裏腹に、心地よい風が庫裏を吹き抜けた。

箱館の町は、その佇《たたず》まいを毎日のように変えていた。

新八と鉄之助は、流れている噂に愕然《がくぜん》とした。

噂は、土方歳三の死体が五稜郭城内から発見されたというものだった。

「永倉さん……」

鉄之助は半泣きになった。

噂では、歳三の首は二日後、五稜郭の獄門台にさらされる。

今、腐乱した歳三の首が洗われ、五稜郭に獄門台が造られている。

事態は切迫していた。

「永倉さん。今、土方先生の首、どこにあるんでしょう」

「鉄之助、それを知ってどうする」

新八は、厳しい眼差しを鉄之助に向けた。

「そ、それは……」

鉄之助は云い澱《よど》んだ。

「斬り込んで、土方さんの首を取り戻すか」

「はい」

鉄之助は意気込んだ。

新八は苦く笑った。

「鉄之助、古高はそいつを待っている。下手に動けば命取りだ」

「ですが、土方先生の首が、極悪非道の悪人のように獄門台にさらされるなんて……」

鉄之助は鼻水をすすった。

「鉄之助、先ずは土方さんの遺体が発見されたのが、本当かどうか確かめるんだ」

新八と鉄之助は五稜郭に急いだ。

五稜郭は発掘作業をしておらず、濠《ほり》を渡った門前に獄門台を造る槌音《つちおと》だけが響いていた。

「噂、本当のようですね」

鉄之助は悄然《しょうぜん》と肩を落とした。

「まだ分からん」

新八には、何故か土方の遺体発見が素直に頷けなかった。

「よし。鉄之助は竜尊寺に戻り、噂を良庵さんとお仙さんに報せろ。俺は遺体を掘り出した人足を探してみる」

「はい……」

鉄之助は頷き、新八と別れて大森浜に戻って行った。

新八は、素早く身を翻《ひるがえ》した。


鉄之助は海岸を小走りに進み、竜尊寺へ急いだ。

「お仙さん、良庵さま」

鉄之助は、お仙と良庵に箱館に流れている噂を報せた。

「歳三さまの死体が見つかった……」

お仙は呆然《ぼうぜん》とした。

「はい……」

鉄之助は、喉を鳴らして水を飲んだ。

「それで、古高弥十郎は土方歳三の首をさらすというのか……」

良庵は眉をひそめた。

「はい。二日後、五稜郭の獄門台に……」

鉄之助は、水に濡れた口元を袖で拭った。

「どうしましょう」

お仙は良庵を窺った。

「うむ……」

良庵は眼を瞑《つむ》り、思いを巡らせた。

「お仙さん、どうするって、土方先生の首を罪人のようにさらさせるわけにはいきませんよ。違いますか」

鉄之助は身を乗り出した。

「そりゃあそうだけど……」

お仙は困惑を浮かべた。

「ならば鉄之助は、どうしようというのだ」

良庵は眼を開けた。

「首をさらすのを防ぐしかありません」

「どのようにしてだ」

「土方先生の首を取り戻すんです」

鉄之助は勢い込んだ。

「よし。そのためには、本当に土方さんの遺体が見つかったのかどうかを確かめ、その在《あ》り処《か》を突き止めるしかあるまい」

「はい。永倉さんと探します」

鉄之助は刀を握り締め、再び箱館に向かった。

「良庵さま……」

お仙は、去って行く鉄之助を戸口で見送り、囲炉裏端にいる良庵を見た。

「鉄之助は行ったか」

良庵は慎重だった。

「はい」

「ならば、儂《わし》らも行くぞ」

良庵は手を突き、肥った身体を立たせた。

「はい」

お仙は厳しい面持ちで頷いた。


竜尊寺からお仙と良庵が現れ、辺りを警戒しながら南に向かった。

木陰から新八が現れた。

何処に行くのだ……。

新八の抱いたお仙と良庵への不審は、消えてはいなかった。

新八は、お仙と良庵を追った。

お仙と良庵は、大森浜を南に急いでいた。
南には御殿山がある。
御殿山に行く気なのか……。
新八は、御殿山の麓の坂道で良庵に出逢ったのを思い出した。
御殿山の麓……。
そこに、新八が抱いた不審の元があるのだ。
新八はそう睨み、お仙と良庵を尾行した。

御殿山の木々は、日毎に緑を増していた。
お仙と良庵は、麓の坂道をあがった。新八が良庵と出逢った坂道だった。
新八は、二人の行く手に続く坂道を見上げた。
坂道が続き、天妙寺の屋根が木々の緑の中に見え隠れした。
天妙寺……。
新八は、天妙寺の鶴のように痩せた住職の天空と小坊主の木念を思い出した。
お仙と良庵は、坂道の途中の小道に曲がった。小道の先には天妙寺があった。
新八は確信した。

お仙と良庵は天妙寺に行く。
天妙寺に何かがある。
新八は、天妙寺を訪れた時のことを思い浮かべた。
苔《こけ》むした小さな天妙寺は、格別に変わったところのないごく普通の寺だ。
お仙と良庵は、天妙寺の山門を潜って庫裏に廻った。
新八は、山門の陰で二人を見送った。
天妙寺から微かに鈴の音が聞こえた。
鈴の音……。
新八は、前に訪れた時にも同じ鈴の音を聞いたのを思い出した。
天妙寺には、住職の天空と小坊主の木念の他に誰かいる。
新八の背を緊張感が貫いた。
真剣での斬り合いに臨む時のように……。
新八は、天妙寺の山門を潜った。

三

「歳三の首をさらすか……」

天空は白い顎鬚《あごひげ》を揺らした。

「獄門台に首をさらされたとなると、罪人としての悪名を後世に残す。果たしてそれでいいものやら……」

良庵は吐息を洩らした。

「歳三さまが、極悪非道の罪人と一緒だなんて酷すぎます」

お仙は悔しさを浮かべた。

「しかし、歳三の首をさらせば、古高弥十郎はもう探索をできぬであろう」

「天空さま……」

お仙が、驚いたように天空を見詰めた。

「そして、何もかもが終わる……」

天空は呟いた。

「成る程。では、このままにしておきますか」

良庵は頷いた。

「左様、それも一興。違うかな」

天空は眼を細め、白い顎鬚を震わせて笑った。

天妙寺の庭は広かった。
新八は、庫裏の裏手に廻った。
庭には、母屋《おもや》と渡り廊下で繋がれた離れ家があった。
離れ家には人の気配がした。
新八は植込みの陰に潜み、離れ家を窺った。
やがて、離れ家から男が出て来た。
新八は男の顔を見て息を飲んだ。
男は竜尊寺の寺男を務め、暇を取った作造だった。
作造……。
新八は、渡り廊下を母屋に向かう作造を呆然と見送った。
何故、ここにいるのだ……。
新八の不審は頂点に達した。
木々の葉が風に鳴った。
新八は、離れ家の縁側に廻った。
薄暗い座敷では、男が端座して絵を描いていた。
新八は忍び寄った。

男は新八に気付かず、一心不乱に絵を描き続けている。見覚えのある横顔だった。

新八は、絵を描く男の顔を見定めようとした。

その時、絵を描いていた男が、忍び寄る新八を見た。

咄嗟《とっさ》に新八は隠れようとした。だが、隠れることはできなかった。

男の端整な顔は、土方歳三によく似ていたのだ。

新八は、呆然と男の顔を見詰めた。

男は、まぎれもなく土方歳三だった。

土方歳三は生きていた……。

激しい衝撃が新八を貫いた。

一本木関門で銃撃を受けて死んだとされている土方歳三は、御殿山の麓の寺で生きながらえていたのだ。

新八は興奮に包まれた。

「土方さん……」

新八は思わず呼び掛けた。

歳三は、新八を見詰めていた。そして、驚きも懐かしさも見せずに視線を絵に戻した。その眼には歳三らしい鋭い輝きはなく、何処までも透き通っているだけだった。

「土方さん……」

新八は、再び呼び掛けた。

歳三は、新八の呼び掛けが聞こえないかのように絵を描いていた。絵道具の傍には、鈴が置かれていた。

「土方さん。俺だ、永倉新八だ」

歳三は、新八に視線を向けた。だが、何の反応も見せず、絵を描き続けた。

絵は観音像だった。

歳三は、透き通った眼で観音像を描き続けた。

観音像の絵は決して上手《うま》くはなく、寧《むし》ろ稚拙《ちせつ》と云えた。だが、その顔は慈悲と優しさに溢《あふ》れていた。

「土方さん……」

歳三は、既に新撰組副長の土方歳三ではないのだ。

新八は気付いた。

観音像を描いている歳三は、新八の知っている歳三とは別人になったのだ。

「土方さん……」

新八は淋しげに呟き、観音像を描く歳三を哀しげに見守った。

「とうとう、気が付きましたか……」

新八は声のした廊下を見た。

お仙が、良庵と天空、作造と共にいた。

「お仙さん……」

新八が抱いた不審は消え去った。

お仙と作造は座敷に入り、観音像を描く歳三の世話をし始めた。

寺男の作造は、馬丁の山崎作之助なのだ。

新八は、ようやく気が付いた。

作造は、自分を知る鉄之助が竜尊寺に来ると知り、天妙寺に移っていたのだ。

何もかも仕組まれたことだった。

「土方さんが生きていたとは……」

「うむ……」

良庵が頷いた。

「一本木関門の戦いで、歳三が腹を撃ち抜かれた時、傍に馬丁を務めていた山崎

「作之助がいましてな」

作造が新八に目礼した。

「作之助はすぐに歳三の傷の手当てをし、戦場から連れ出したのだ」

土方歳三は、一本木関門の戦場から連れ出され、竜尊寺に運ばれた。そして、駆け付けたお仙や良庵たちの看病を受け、辛うじて命をとりとめた。だが、歳三は過去や記憶を失い、廃人同然となった。

良庵は、新政府の厳しい探索から歳三を護《まも》るため、御殿山にある兄弟子の天空が住職の天妙寺に隠した。

以来、お仙、良庵、作造、天空は、連絡を取り合いながら土方歳三を護ってきた。

廃人同然となった歳三は、息をしているだけの無残な日々を過ごした。そして、いつしか観音像を描くようになった。歳三は、同じ姿と顔をした観音像を厭《あ》きることもなく描き続けた。

それは、新撰組副長として多くの者を厳しく死に追い込んだ悔いが、無意識に現れた哀しい贖罪《しょくざい》なのかもしれない。

ご苦労でした……。

新八は、新撰組時代に決して親しくなかった土方歳三を労《ねぎら》った。

歳三は、観音像を無心に描き続けている。

かつて冷酷非情な鬼と称された男が、子供のような下手な観音像を描いているのだ。

新八の胸に、熱いものが一気に込み上げてきた。


「何故、教えてくれなかったのです」

「お前さんたちが、古高弥十郎の邪魔をすればする程、歳三の死の信憑性《しんぴょうせい》が高くなって好都合。そう思ってな」

良庵は吐息を洩らした。

「ごめんなさい、新八さん。許して下さい」

お仙は詫びた。

「離れ家にいる男は、既に元新撰組副長で箱館政府陸軍奉行並の土方歳三ではない。何もかも忘れてしまった只《ただ》の歳三に過ぎぬ」

天空は淡々と告げた。

新八は許すしかなかった。

「だが、たとえ偽首でも獄門台にさらされれば、土方歳三の生涯は恥辱《ちじょく》と汚名にまみれる。それでよいのか……」

新八はお仙たちに尋ねた。

「それは……」

お仙は言葉を濁した。

「それで何もかもが終わり、残る生涯を静かに送れるのなら致し方あるまい」

良庵は悔しさを滲ませた。

「俺は嫌だ」

新八は言い放った。

天空は白い眉をひそめ、顎鬚を揺らした。

「新撰組は天下になんら恥じることはない。そして、墓を暴かれて首をさらされる謂《いわ》れも一切ない」

「新八さん……」

お仙は、新八に哀しげな眼差しを向けた。

「たとえ偽首でも、俺は新撰組の生き残りとして、血を嘗《な》め合った同志を愚弄《ぐろう》するのを決して許さぬ」

「では、あくまでも古高弥十郎の邪魔をするか……」

「邪魔をしなければ、古高は土方さんの死に疑念を抱くやもしれぬ」

新八は不敵に笑った。


土方歳三の偽首を獄門台にさらす日が来た。

新八は必ず首を奪い取りに来る……。

古高弥十郎は、大木重蔵に命じて五稜郭に邏卒を配置した。

箱館の人々にとり、箱館戦争は既に過去のことでしかない。

明治という新時代を迎え、未開の大地の広がる蝦夷に生きる者に過去を振り返る余裕はないのだ。

歳三の首を見物に来る者は少なかった。

歳三の偽首は、箱館の町に面した南側の門前に造られた獄門台にさらされた。

偽首の髪は抜けて肉も腐り落ち、人相を見極めることは不可能だった。

弥十郎は、偽首の傍に汚れて朽《く》ちかけた軍服を飾り、高札を掲げた。高札には、軍服が首の主が着ていた箱館政府の高官のものであり、戦死した高官は土方歳三しかいないと記されていた。

土方歳三の首……。

見物に来た人々は、恐ろしげに見守った。

「永倉さん、これでは土方先生がお気の毒です」

事実を知らない鉄之助は、悔し涙を流していきり立った。

「落ち着け鉄之助。今、斬り込んだところで待ち伏せに逢うだけだ」

「ですが……」

鉄之助は子供のように涙を零《こぼ》した。

新八たちが鉄之助に事実を教えなかったのは、古高弥十郎との闘いにこれ以上深入りさせたくなかったからだ。

「鉄之助、勝負は夕暮れだ」

新八は鉄之助に告げ、邏卒の配置を探り続けた。

五稜郭は濠に囲まれ、石垣と土塁で造られている。

獄門台の位置から見て、邏卒たちは門の正面の見隠土塁と左右の稜塁《りょうるい》の上に潜んで監視をしている。そして、おそらく城外にも邏卒を潜ませ、包囲態勢をとるはずだ。

新八は、邏卒の配置と弥十郎の作戦を読んだ。

「鉄之助は泳ぎは達者か」

「それはもう……」

「よし」

新八は鉄之助を連れて西に向かった。五稜郭の西には、大森浜に続く亀田川が流れていた。


永倉新八が、歳三の首を奪い取りに来るのは夜……。

弥十郎はそう睨み、五稜郭城内の旧箱館奉行所で夜を待った。

大木重蔵は、素直に頷けないものを感じていた。

それは、土方歳三の位牌が、お仙の家になかった時から続いていた。そして、発見されない歳三の死体は、大木の疑念を増幅させていた。

永倉新八は、さらされた歳三の首を偽物だと知り、現れないかもしれない。現れなければ、新八はどうして偽首だと見抜いたのだ。

大木の読みは続いた。

おそらく新八は、歳三の首の在《あ》り処《か》を知っている……。

それが、大木の読みの結論だった。

陽が沈み始め、夕暮れが近付いた。

夕暮れ時が訪れた。

さらし首の見物人は、既に一人もいなくなり、辺りは静けさに包まれた。

不審な人影もなく、異常はなかった。

邏卒たちは、暮れ六つ（午後六時）の交代を楽しみに待っていた。

暮れ六つ。邏卒の警固態勢は、夜間のものに代わって人数が多くなり、篝火《かがりび》が焚《た》かれる。

その暮れ六つになる前、北側の稜塁の上に覆面《ふくめん》をした新八が現れた。稜塁の上は、邏卒が巡廻し、外の敵を銃撃できるようになっている。

新八は木刀を下げ、稜塁の上を影となって南門に走った。

南門には獄門台があり、邏卒たちの警固が集中されていた。

新八は走った。

警固の邏卒たちは、新八に気付いて驚き、うろたえた。

刹那、新八の木刀が唸りをあげた。

警固の邏卒たちが、激しく打ちのめされて次々に倒れた。

向かい側の稜塁にいた邏卒たちが、慌てて新八に向かって銃を撃った。

見隠土塁にいた邏卒たちも、新八に銃口を向けた。

銃声が響き、獄門台を警固していた邏卒たちの注意は稜塁の上に注がれた。その時、濠に潜んでいた鉄之助が飛び出し、猛然と獄門台に駆け寄った。そして、獄門台にさらされていた首を、持って来た皮袋に入れた。

「おのれ」

邏卒たちは驚き、慌てて鉄之助に襲い掛かった。新八は稜塁から飛び降り、鉄之助に襲い掛かる邏卒を叩きのめした。

「行け」

新八は襲い掛かってくる邏卒と闘い、鉄之助を逃がした。

鉄之助は首を入れた皮袋を抱え、濠に架かる橋へ走った。

銃声が響き、弾丸が鉄之助を掠《かす》めた。だが、暮れたばかりの暗がりが、鉄之助を助けた。

城外にいた邏卒が、橋を塞《ふさ》ごうと駆け付けて来た。

鉄之助は逃げ切れない……。

新八に焦りが過《よ》ぎった。

その時、覆面をした男が、橋を塞ぐ邏卒たちを背後から襲った。

「逃げろ」

覆面の男は、鉄之助を逃がして邏卒たちと激しく闘った。

鉄之助は、五稜郭の西にある亀田川に向かって走った。

新八は木刀を棄て、追い縋《すが》る邏卒を真っ向から斬り下げた。

悲鳴と血飛沫が夜空に散った。

邏卒たちは、新八の見事な手練に息を飲み、怯《ひる》んだ。

新八は橋へ走った。

「放て」

古高弥十郎の命令が響き、駆け付けた邏卒たちが銃の引き金を引いた。

連なる銃口が火を噴き、硝煙《しょうえん》が辺りに漂った。

新八は、襲い掛かる邏卒を捕まえて銃弾よけの盾にし、後退しながら濠に架かる橋を渡り始めた。

銃声が鳴り響き、銃弾が空を切った。

銃弾よけにされた邏卒は、撃つのを止めてくれと泣き喚《わめ》いた。だが、弥十郎に容赦はなかった。新八が橋を渡り終えた時、邏卒は全身に銃弾を受けて息絶えていた。

橋の袂《たもと》では、覆面の男が邏卒と闘っていた。

新八は闘いの中に飛び込み、次々と邏卒を倒した。

「引き上げよう」

覆面の男が叫んだ。

「お前さん……」

新八は、覆面の男が森川伝七郎だと知った。

「挨拶は後だ」

森川は、激しく息を鳴らしていた。

「よし、急げ」

新八は、森川を促して亀田川に走った。

「放て、放て」

弥十郎の怒号が飛び、邏卒たちが銃を乱射しながら二人を追った。

新八と森川は、転がるように走った。

亀田川の流れが見えた。

新八と森川は走った。

亀田川の岸辺には小舟が繋がれ、鉄之助が棹《さお》を握り締めて待っていた。

新八と森川は小舟に飛び乗った。

鉄之助は、素早く小舟を流れに乗せた。

小舟は流れに乗り、亀田川を下り始めた。

邏卒たちは岸辺で銃口を揃え、一斉に撃ち放った。

新八たちは船底に伏せた。

銃弾が川面を弾いた。

銃声は次第に遠のき、邏卒たちの姿も夜の闇で見えなくなり始めた。

「鉄之助、首は無事か」

「はい。ここに……」

鉄之助は、舳先《へさき》に置いてある皮袋を示し、嬉しげに微笑《ほほえ》んだ。

「上手くいって祝着至極《しゅうちゃくしごく》」

森川は笑った。

「お前さんのお蔭だ。助かったぜ」

新八は森川に礼を云った。

「なあに、土方さんの首がさらされると聞いてね。お前さんたちが必ず現れると思って待っていたのさ」

「待っていた……」

「ああ。さらされるのは偽首だと教えようと思ってな」

森川が笑った。

「偽首……」

鉄之助が驚いた。

小舟が揺れた。

「ああ。古高弥十郎も汚ねえ小細工をするぜ」

「永倉さん、まさか……」

鉄之助が縋るように新八を見た。

何故、森川はさらされた首が偽物だと分かったのだ。

新八はそれを知りたくなった。

「どうして偽首だと分かった……」

新八は森川を見据えた。

「掘り当てた邏卒や人足がいない限り、そいつは偽首だ。違うかい」

森川は苦笑した。

「成る程……」

森川は、歳三の首が見つかったと聞き、掘り出した人足を探した。だが、該当者はいなかったのだ。

抜け目のない森川が、人足たちから聞き出すのは造作もないことだ。

新八は納得した。

「じゃあ……」

鉄之助は、泣き出さんばかりに顔を歪めた。

「鉄之助、聞いてのとおりだ。偽首をねんごろに葬《ほうむ》ってやろうじゃあないか」

「はい……」

鉄之助は肩を落とし、舳先に置いてある皮袋を見詰めた。

亀田川の流れは、月明かりに煌《きら》めいていた。

四

古高弥十郎は激怒した。

大木重蔵は邏卒たちを率い、夜を徹して新八たちの行方を追った。だが、小舟を箱館の町に近い亀田川で発見しただけで、新八たちは既に姿を消していた。

大木は、邏卒たちを箱館の町に走らせた。

新八は、邏卒たちの追手を躱し、竜尊寺を知られないように途中で小舟を棄てた。そして、森川と別れ、大森浜の竜尊寺に急いだ。

朝の竜尊寺に良庵の経が流れた。

新八と鉄之助は、良庵と共に歳三の偽首を葬り、弔《とむら》った。

歳三の偽首が、何処の誰かは分からない。だが、旧幕府脱走軍の一人として志を抱き、必死に闘い続けた男に間違いはない。

ひょっとしたら長い闘いの明け暮れの中で出逢い、擦れ違ったかも知れない……。

新八は、偽首の主に思いを馳せた。

香の煙は、朝の斜光に大きくうねり揺れていた。

大木重蔵たちの捜索は、箱館の町を嘗め尽くした。だが効果はなく、手掛かりは何一つ摑めなかった。

永倉新八は首を奪った。危険を冒して奪った限り、偽首を土方歳三のものだと信じたとみるべきだ。

永倉は土方歳三の死を信じており、その死体が何処にあるのかも知らない。

睨みは外れた……。

大木は己を嘲《あざけ》り笑った。そして、何故か安堵する己に気付いた。

これでいい……。

土方歳三は、蝦夷の地の何処かで静かに眠り続けるのだ。

大木は、心地よさを覚えずにはいられなかった。


古高弥十郎の怒りは、戸惑いと困惑に変わった。

偽首を歳三の首としてさらした限り、再び死体探しはできない。

死体探しを再開すれば、新八たちは奪った首が偽物だと気付く。

どうすればいいのだ……。

歳三の首が奪い取られた事実は、明日には噂となって箱館の町に広まる。いや、知っているのは、弾正台の者たちだけだ。弾正台の者たちに固く口止めをすればいい。だが、新八たちが言い触らしたらどうなる。

弥十郎は混乱した。

負けた……。

突然、弥十郎の脳裏に〝負けた〟の三文字が浮かんだ。

弥十郎は慌てて振り払った。だが、〝負けた〟という言葉はすぐに蘇り、悔しさに翻弄《ほんろう》された。

扉が遠慮がちに叩かれた。

「入れ」

弥十郎は悔しさを抑え、懸命に平静を装った。

邏卒が入って来た。

「何用だ」

「はっ。才次なる密偵が参っております」

邏卒は微かに怯えていた。

「密偵の才次……」

「はい。片腕を斬り飛ばされる大怪我をして」

「通せ」

弥十郎は、邏卒の言葉を遮った。

邏卒は慌てて返事をし、部屋を出て行った。

密偵の片腕を斬り飛ばす……。

弥十郎の知る限り、今の蝦夷にそれ程の剣の遣い手は永倉新八しかいない。

二人の邏卒が、密偵の才次を介添えしてやって来た。

右腕を失った才次は、顔色も悪くやつれ果てていた。

「大木さまに使われている才次と申します」

才次は苦しげに顔を歪めた。

「座らせてやれ」

邏卒は、才次を椅子に腰掛けさせた。

「ありがとうございます」

「その腕、永倉新八に斬られたのだな」

弥十郎は、厳しい面持ちで才次の肘から先のない腕を一瞥《いちべつ》した。

「はい。永倉新八に大森浜に誘き出されて……それから海に落ち……」

海に転落した才次は気を失い、津軽海峡の波に運ばれて湯ノ川近くの海岸に流れ着いた。そして、漁師に助けられて一命を取りとめたのだ。

「永倉の隠れ家、突き止めたのか」

弥十郎の眼が鋭く光った。

「はい」

才次の頰に赤味が差した。

「何処だ」

弥十郎は意気込んだ。

「大森浜の海辺にある竜尊寺という寺です」

「竜尊寺……」

弥十郎は声を弾ませ、満面に喜びを溢れさせた。

竜尊寺は知られた。

「その寺に、永倉新八たちが潜んでいるのだな」

「間違いございません」

「大木を呼べ」

弥十郎は邏卒に命じた。

「ご苦労だったな。褒美《ほうび》はおって取らせる。ゆっくり養生するがいい」

「はい。かたじけのうございます」

才次は、残った邏卒に介添えされて出て行った。

「永倉新八……」

弥十郎の呟きは、憎しみに溢れた。

竜尊寺の庭は日差しに溢れていた。

「一本木関門でも五稜郭の城内でもないとなると、土方先生のご遺体、何処に埋められているのでしょうね」

鉄之助は、煌めく葉洩れ日を眩《まぶ》しげに見つめた。

「鉄之助、古高弥十郎が見つけられなければ、それでいいじゃあないか」

新八は微笑んだ。

「ですが、古高がまた……」

土方歳三が生きていると知らない鉄之助は、古高が再び死体の捜索を始めるのを恐れた。

「偽首でも一度さらした土方さんの首だ。二度もさらせば世間の笑い物。もし、本当の土方さんの首が見つかったところで、もうさらせやしない」

「そうだといいんですが……」

「どうだ鉄之助。これ以上、古高の遺恨に振り廻されることもあるまい。江戸に戻り、新撰組や土方さんのことは忘れ、新しい生き方を探したらどうだ」

新八は、若い鉄之助の行く末を心配した。

これ以上、深入りさせて前途を誤らせてはならない。

「永倉さん……」

「それが、若いお前のためだ。土方さんもそう思い、官軍の総攻撃の前にお前を五稜郭から脱出させたはずだ」

鉄之助は俯《うつむ》き、新八の勧めを噛み締めた。

「それなのに、死んだ自分のため、危ない真似をしている。そいつは土方さんの本意じゃあないし、きっと怒るぜ」

「はい……」

鉄之助は頷いた。

「その気になったら、明日にでも蝦夷を出るのだな」

鉄之助は、新八の心配する気持ちがありがたかった。

「永倉さん……」

鉄之助の眼から涙が零れ落ちた。

「鉄之助、お前はよくやった。蝦夷のたった二人の新撰組だぜ」

新八は笑った。

鉄之助は声を洩らし、子供のように泣き出した。


その日の夕暮れ、鉄之助はお仙と良庵に江戸に戻ることを告げた。

「そうね。それがいいわね」

お仙は、淋しげに頷いた。

「鉄之助、これからはお前さんたち若い者の時代だ。何でもできるぞ」

良庵は、鉄之助を励ました。

「今夜中に箱館に戻り、明日の朝早く船に乗るつもりです」

「随分、急なのね」

お仙は驚いた。

「はい。思い立ったが吉日。ぐずぐずしていたら未練が湧きます」

「左様、昔に未練を残すのは禁物」

良庵は大きく頷いた。

「そう。だったら今夜はご馳走を作らなくてはね」

お仙は張り切ってみせた。

「それから鉄之助。これは京にいた頃、土方さんが俺に描いてくれた観音さまだ」

新八は、観音像の絵を鉄之助に差し出した。

「土方先生が……」

鉄之助は眼を輝かせた。

歳三が天妙寺で描いた絵だった。

お仙と良庵は顔を見合わせた。

「あまり上手いとは云えぬが、鉄之助の守り神になってくれるはずだ」

「はい。大事にします」

鉄之助は喜び、観音像の絵を押し頂き、懐に仕舞《しま》った。

歳三は、鉄之助に渡したくて絵を描いていたのかも知れない。

嘘をついてよかった……。

新八は、そう思わずにはいられなかった。


夜、鉄之助はお仙の心づくしの料理を食べ、新八が用意した路銀と新しい着替えを持って竜尊寺を出た。

「それでは、お仙さん、良庵さま、いろいろお世話になりました」

鉄之助は、お仙と良庵に深々と頭を下げた。

「鉄之助さん、立派な人になって下さいね」

「はい。お仙さんもお達者で……」

鉄之助は、別れを惜しみながら竜尊寺を後にした。

新八は同行し、明日の朝早く鉄之助が船に乗るのを見届けるつもりだった。

新八と鉄之助は、お仙と良庵に見送られて夜道を箱館に向かった。

お仙はいつまでも見送った。

溢れんばかりの星が、蝦夷の夜空に瞬いていた。


捕縛するのは夜明け。

古高弥十郎はそう決め、大木重蔵に捕物出役《とりものしゆつやく》を命じた。

大木重蔵は密偵の善助たちを先行させ、邏卒を弾正台に待機させた。

善助たち密偵が竜尊寺に着いた時、新八と鉄之助は既に箱館に向かった後だった。

善助たちは周囲に聞き込みを掛けた。

竜尊寺には、住職の良庵の他に女と浪人、そして若い男がいるのが分かった。女はお仙で浪人は永倉新八。そして、若い男はお仙の店を手伝っていた者だ。

善助たち密偵は確信し、大木に報せた。

大木は、善助たち密偵に竜尊寺を監視下に置くように命じた。

箱館の湊は、翌朝出航する船が仕度に追われていた。

鉄之助は、幸運にも江戸に俵物を運ぶ千石船《せんごくぶね》の船子に雇われた。

「それで出航はいつだ」

「明日の朝ですが、今夜の内に乗れとのことです」

「そうか……」

「永倉さん、本当にお世話になりました」

「鉄之助、そいつはお互いさまだ。観音さまの絵、大事にしろよ」

「はい。永倉さんはこれからどうするんですか」

「俺か、俺は古高の出方を見定めてから、松前に帰るよ」

「杉村義衛さんですか。何だか淋しいですね」

「名前が変わっても、俺は俺だ……」

新八は苦い面持ちで笑った。

「そうですね」

鉄之助は、笑いながら頷いた。

「じゃあな」

「お仙さんと良庵さまによろしくお伝え下さい」

「心得た。さあ、行け」

新八は鉄之助を促した。

「はい」

鉄之助は小さな風呂敷包みを抱え、荷船の渡り板をあがった。そして、新八に頭を下げ、十七歳の年齢相応の照れ笑いをみせて荷船に乗り込んで行った。

もう、生涯で二度と逢うことはないかも知れない……。

鉄之助と過ごした僅かな時の欠片《かけら》が、蘇っては消えていった。

「達者でな……」

新八は踵《きびす》を返した。

夜明けが近付き、東の空が薄明るくなってきた。

夜明けが近付いた。

竜尊寺は朝靄に包まれていた。

古高弥十郎は、大木たち邏卒を率いて竜尊寺に迫っていた。

竜尊寺を見張っていた密偵の善助が、大木の許に駆け寄った。

「どうだ」

「はい。あっしたちが見張ってから、人の出入りはございません」

「では、永倉新八はいるのだな」

大木は念を押した。

「それなのですが……」

善助は、新八の姿を確認できていなかった。

「大木、永倉がいようがいまいが、この寺が奴の隠れ家なら打ち壊すまでだ」

弥十郎は、新八への憎悪を露わにした。

大木は黙り込んだ。

弥十郎は、竜尊寺の周囲に邏卒を配置し、夜が明けるのを待った。

新八は、大森浜を竜尊寺に向かっていた。

海は大きなうねりを見せ、水平線が次第にはっきりしてきていた。

夜明けだ……。

新八は急いだ。


夜が明けた。

お仙は着替え、蒲団を片付けて庫裏に出た。そして、竈と囲炉裏に火を熾《おこ》し、水を汲《く》みに手桶《ておけ》を持って井戸端に向かった。

井戸端はいつもは聞こえる小鳥の囀《さえず》りもなく、妙に静かだった。

お仙は水を汲んだ。水が冷たく手に沁《し》みた時、お仙は背後に人の気配を感じて振り返った。

次の瞬間、大木が襲い掛かり、お仙の口を塞いで腕をねじあげた。

激痛がお仙を突き上げた。

「永倉新八はいるか……」

お仙は、激痛に耐えながら首を横に振った。

「まことか……」

お仙は大きく頷いた。

「古高さま……」

「かまわぬ。踏み込んで家捜ししろ。刃向かう者は容赦はいらぬ。撃ち殺せ」

弥十郎の命令を受け、邏卒たちが庫裏に殺到した。

大木は密偵の善助にお仙を預け、邏卒たちに続いた。


異変……。

良庵は、邏卒が踏み込んできたのを察知し、押入れの奥から刀を取り出した。

良庵は、江戸神田の組屋敷に住む貧乏御家人の次男坊であり、放蕩三昧《ほうとうざんまい》の挙句に勘当された身だ。斬り合いをした覚えもある。だが、久し振りに刀を握っても、当時の感覚が戻ることは既になかった。

坊主に刀は似合わないか……。

良庵は苦笑した。

とにかく、お仙を無事に逃がすことができればよし……。

良庵は、刀を押入れに戻して部屋を出た。

邏卒と密偵たちは、寺の中を乱暴に調べながら奥に進んだ。良庵は物陰に隠れ、邏卒たちをやり過ごした。そして、お仙がいるはずの庫裏に急いだ。

庫裏の囲炉裏には、粗朶《そだ》が燃えあがっていた。

古高弥十郎と大木重蔵がいた。

「夜明け早々、何用だ」

良庵は眉をひそめて問い質《ただ》した。

「永倉新八は何処にいる」

弥十郎の声は昂《たかぶ》りに震えた。

「新八はおらぬ」

良庵は弥十郎の昂りを躱すように、燃えあがる囲炉裏の火の加減を見た。

邏卒と密偵たちが、奥を調べて戻って来た。

「いたか」

弥十郎が怒鳴った。だが、邏卒たちは首を横に振るだけだった。

永倉新八は確かに出掛けているのだ。

大木はそう判断した。

「善助……」

大木は外に声を掛けた。

善助が、お仙を連れて入って来た。

「良庵さま……」

お仙は震えていた。

「おお、無事か」

「はい」

「ご住職、永倉が何処にいるかご存知なら教えていただこう。もし、教えられぬと云うならば……」

大木は刀を抜き、お仙の喉元に突きつけた。

お仙の白い喉が引きつり、掠れた呻《うめ》きが洩れた。

「永倉は何処だ」

「知らぬものは知らぬ」

良庵はそう言い放ち、燃えている粗朶を大木の顔に投げ付けた。

大木は、身体を捻って躱した。

良庵は、あがり框《かまち》を蹴って善助に体当たりした。善助は肥った良庵の身体に圧倒され、お仙から手を放した。

「逃げろ」

良庵は、お仙を戸口に押しやった。

お仙は、押し倒されるように戸口を出た。

良庵は、素早《ど》く戸口に立ちはだかった。

「おのれ、退け」

弥十郎が、怒声をあげて良庵に斬り付けた。

良庵の額が斬られた。

真っ赤な血が、顔を二つに割るように流れ落ちた。

良庵は己の血の臭いと味に、ようやく放蕩時代の感触を蘇らせた。

「面白れえ。坊主を殺すと末代まで祟《たた》るぞ」

良庵は不敵に笑った。まるで、大狸が人を馬鹿にして笑ったようだった。

「放て」

弥十郎の怒りは頂点に達した。

邏卒たちの銃が、良庵に向かって火を噴いた。

幾つもの銃声が轟《とどろ》いた。

「しまった」

新八は地を蹴り、猛然と竜尊寺に走った。

良庵は全身に銃弾を浴び、血まみれになって崩れ落ちた。

「続け」

大木は、二人の邏卒を従えてお仙を追った。

新八が竜尊寺に着いた時、庫裏から密偵の善助が出て来た。

新八はそのまま駆け寄った。

善助が新八に気付き、恐怖に震えながら匕首《あいくち》を抜いた。

刹那、新八の抜き打ちの一刀が閃《ひらめ》いた。

善助は袈裟懸《けさが》けに斬り下げられ、悲鳴をあげる間もなく崩れ落ちた。続いて出ようとしていた古高弥十郎が、慌てて邏卒たちを押し出した。

血まみれの良庵の死体が、戸口に転がっているのが見えた。

無残な……。

新八の五体が、熱く燃えあがった。そして、出て来る邏卒たちに襲い掛かった。

銃撃を躱すには接近戦しかない……。

新八は、出て来る邏卒から離れず、刀を縦横に閃かせた。
刀の閃きは光芒となって走った。
邏卒たちは、急所を一太刀で斬り裂かれて次々に倒れていった。
斬り結ばず、一太刀で急所を断つ……。
それが、新撰組で得た大勢の敵と闘う極意だった。
新八は修羅の如く闘った。
弥十郎は、新八の凄絶な強さに眼を瞠《みは》り、激しく震えた。
邏卒たちは恐怖に駆られ、我先に銃を投げ出して散った。
古高弥十郎が残った。
「古高弥十郎……」
新八は、弥十郎を見据えた。
弥十郎は慌てて刀を構えた。切っ先が恐怖に震えていた。
新八は無造作に間合いを詰め、弥十郎の小刻みに震える刀を弾き飛ばした。
刀は宙を飛び、鈍い音をあげて地面に落ちて転がった。
弥十郎は、恐怖に全身を震わせた。
「誰か、助けろ。誰か」

弥十郎は、引きつる喉で悲鳴のように叫んだ。だが、助けに駆け付ける者は誰一人としていなかった。

新八は、弥十郎に迫った。

「誰か」

弥十郎の叫びが泣いた。

刹那、新八の刀が十文字の閃光を放った。

弥十郎は額から斬り下ろされ、首を横薙ぎに斬り飛ばされた。

弥十郎の首が、朝陽の満ちた空に舞った。

静寂が戻り、小鳥が囀り始めた。

土方歳三を仇《かたき》と狙い、その首をさらそうとした古高弥十郎は死んだ。

新八は良庵の死を確かめ、お仙を探した。だが、お仙は何処にもいなかった。

無事に逃げたのか……。

逃げたとしたら何処だ。新八は思いを巡らせた。

土方歳三の処……。

新八は気付いた。

お仙は、土方歳三が隠れ住む御殿山の麓の天妙寺に逃げたのだ。

新八は、竜尊寺を出て御殿山に走った。

五

お仙は坂道を駆けあがった。

大木と邏卒たちは追った。やがて、坂道を駆けあがっていくお仙の後ろ姿が見えた。

お仙は何処に行く……。

大木はあえて距離を詰めずにお仙を追い、行き先を突き止めようとした。


お仙は必死だった。

竜尊寺が弾正台に襲われたからには、天妙寺も襲われる。そして、土方歳三が生きていることが露見する。

恐怖がお仙を駆り立てた。

一刻も早く土方さまを逃がさなくては……。

恐怖に駆り立てられたお仙の思いは、その一点に絞られた。

天妙寺への坂道は長かった。

お仙は息も絶えだえに天妙寺の山門を潜った。

大木は、お仙が天妙寺に入ったのを見届けた。


歳三の眼は、何の感情も見せず、何処までも透き通っていた。

作造は、お仙の報せに顔を強張らせた。

「邏卒が……」

「作造、土方さんとお仙を連れて山に逃げなさい。よいな」

天空は落ち着いていた。

「はい……」

作造は頷いた。

「それから木念……」

「はい」

「お前は隠れていなさい」

天空は静かに指示し、本堂に入って経を読み始めた。

本堂から経が朗々《ろうろう》と響いた。

大木は不吉な予感に襲われた。

猶予《ゆうよ》はならぬ……。

大木は邏卒を従え、本堂に踏み込んだ。

朝陽の射し込む本堂では、天空一人が経を読んでいた。

大木は思わずうろたえた。

痩せた小さな老体は、朝陽に包まれて輝いて見えた。

大木は、声を掛けるのを躊躇《ためら》わずにはいられなかった。

天空の朗々とした経は本堂に響き渡り、大木を包み込んだ。

大木は陶然《とうぜん》とした。そして、己を包み込む経を打ち破ろうと、邏卒たちに寺の中の捜索を命じた。

二人の邏卒は、天妙寺の奥に走った。


天空の経が聞こえている。

新八は、天妙寺の裏手に廻り、歳三の暮らす離れ家に急いだ。

離れ家には、描き掛けの観音像の絵が残されているだけであり、歳三とお仙の姿はなかった。

逃げたか……。

新八は、離れ家の周囲に歳三とお仙の痕跡を探した。

二人の邏卒が、母屋からの渡り廊下に現れ、新八に気が付いて銃を構えた。

新八は、咄嗟に邏卒たちに向かった。

邏卒たちは、逃げると思っていた新八の逆の行動に虚を衝かれた。

刹那、新八は抜き打ちに邏卒たちを斬り棄てた。


天空の経が終わった。

「御坊……」

大木は静かに声を掛けた。

「何用かな」

「お仙という女は何処にいます」

「さあな……」

天空の白い顎鬚が僅かに揺れた。

「御坊、お仙とはどのような関わりです」

大木は、お仙が天妙寺に逃げ込んだ理由が気になった。

「お仙は寺の檀家だ」

天空に躊躇いはなかった。

「本当にそうですかな……」

「お仙が何をしたというのだ」

「お尋ね者を匿《かくま》っている」

「お尋ね者とは誰かな」

「永倉新八という男だ」

「ほう、永倉新八……」

弾正台は、土方歳三が生きている事実を摑んではいない。

天空の白髪眉の下の眼に、微かな笑みが過ぎった。

大木は、天空の微かな笑みを見逃さなかった。

何故だ。何故、笑った……。

大木は、天空の笑みに潜むものを突き止めようとした。

お仙が、匿っているのは永倉新八ではない。

天空はそれを笑ったのだ。

大木は気付いた。

お仙は、永倉新八以外に誰かを匿っている。

それが誰なのか……。

大木は、今までに摑んだ情報の断片を思い浮かべ、素早く繋ぎ合わせた。

お仙は、土方歳三を追って箱館に来た。そのお仙が、命懸けで護ろうとしてる者は誰なのだ。やがて、大木は一つの結論に辿り着き、愕然とした。

土方歳三……。

お仙が、命懸けで護る相手は土方歳三しかいない。

まさか……。

大木は、辿り着いた結論にうろたえずにはいられなかった。

土方歳三は生きている。

「御坊、土方歳三は生きているのか……」

大木の喉は渇き、引きつった。

「詮索《せんさく》無用……」

新八の声が本堂に木霊《こだま》した。

大木は素早く振り返った。

本堂の入口に、日差しを背にした永倉新八がいた。

大木は進み出た。

新八は、大木を境内《けいだい》に誘った。

境内には木洩れ日が揺れ、小鳥の囀りが飛び交っていた。

新八と大木は対峙《たいじ》した。

「永倉新八か……」

「お前さんは」

「弾正台邏卒頭、大木重蔵……」

「新撰組副長助勤、二番隊組長永倉新八……」

新八は静かに名乗った。

土方歳三が生きていると知った者を、生かしてはおけない。

新八の全身から殺気が溢れた。

大木は、応えるように刀を抜いた。

飛び交っていた小鳥の囀りが消え、境内は静寂に包まれた。

新八は刀を抜き払い、ゆっくりと間合いを詰めた。

大木は後退し、間合いを保った。

次の瞬間、新八は地を蹴って大木に斬り付けた。
刀は光芒となって大木に襲い掛かった。
大木は新八の刀を跳ねのけた。
甲高い金属音が鳴り、焦げた臭いが漂った。
新八と大木は、体を入れ替えて再び対峙した。
できる……。
新八は、久々に湧きあがる斬り合いの緊張感が心地よかった。
大木は間合いを詰めた。
新八は後退せず、大木の見切りの内に踏み込んだ。
大木は、己から見切りの内に踏み込んできた新八に僅かに動揺した。
次の瞬間、大木は動揺を隠すように新八に猛然と斬り付けた。
新八は、大木の懐に入り込み、刀を横薙ぎに閃かせた。
風が吹き抜け、二人に降り注ぐ木洩れ日が大きく揺れた。
大木が、新八を睨みつけて刀を地面に突き立てた時、脇腹から血が溢れて零《こぼ》れた。
新八は静かに離れた。

大木は、ゆっくりと前のめりに倒れた。

土埃《つちぼこり》が微かに舞い上がり、突き立てられた刀が日差しに輝いた。

新八は吐息を洩らし、刀に拭いを掛けた。

天空と木念が、本堂の階《きざはし》で手を合わせていた。

「天空さま、土方さんとお仙さんは……」

「作造と一緒に御殿山に逃げた」

「御殿山……」

新八は、新緑に溢れる御殿山を見上げた。

その時、御殿山に一発の銃声が轟いた。

新八はうろたえた。

土方とお仙を追っている邏卒が、まだいたのか……。

新八は猛然と御殿山に走った。


銃声が再び御殿山に木霊した。

新八は、湧きあがる不安に焦りながら、銃声を頼りに御殿山の斜面を登った。

茂みに作造が倒れていた。

「作造……」

新八は駆け寄り、作造の様子を診た。

作造は脇差を握り締め、胸を撃ち抜かれて絶命していた。

「作造……」

作造こと山崎作之助は、追手と闘って滅び去った。

新八は作造の死体に手を合わせ、辺りの茂みを見廻した。

一方の茂みに、僅かに押し潰されている処があった。

土方とお仙、そして追手が通った跡だ。

新八は追った。

やがて、雑木林の奥に逃げ込んでいく土方とお仙の姿が微かに見えた。よろめきながら逃げる二人の姿には、怯えと哀しさが浮かんでいた。

土方さん、お仙さん……。

新八は急いだ。

銃声が響いた。

新八の頬に熱い衝撃が走った。

追手……。

新八は茂みに飛び込み、熱い衝撃の走った頬を触った。

指先が生温かい血に濡れた。

木立の影が揺れ、拳銃を持った男が現れた。

新八は愕然とした。

拳銃を持った男は森川伝七郎だった。

「出てきなよ、新八さん」

森川は嘲笑を浮かべた。

新八は、茂みから立ち上がった。

「森川……」

血が一筋、新八の頬を流れた。

「やっぱり生きていたのだな、土方歳三……」

「それを突き止めたくて、俺に付きまとったのか」

「ああ。尤《もっと》も最初は違ったがな……」

迂闊《うかつ》だった……。

新八は悔やみ、己を恥じた。

「新撰組副長土方歳三。古高弥十郎どころか、新政府のお偉方で恨みを抱く奴は何人もいる。土方の首には値は幾らでも付く」

森川は酷薄に言い放った。

「金が目当てか……」

「新八さん。これからの世の中は、何事も金次第だ。金があれば出世も女も何でも買える。そうは思わぬか」

「思わん……」

新八は身構えた。

「動くな」

森川は拳銃を構え直した。

「やっぱりお前さんは、時世の読めない新撰組だな」

「なに……」

「惨めに滅びるだけだぜ」

森川は憐れみ、馬鹿にした。

「志を棄ててまで生きながらえるつもりはない」

新八は静かに刀を抜いた。

森川は、拳銃の引き鉄に指を絞った。

「相手は新撰組副長助勤の永倉新八。真っ当に斬り合っても勝ち目はねえ。外国船の船子からようやく手に入れたが、高い買物だったぜ」

森川は苦笑した。

「無駄に金を使ったな」

新八は刀を片手上段に高々と構え、ゆっくりと森川に近付いた。

森川は後退して間合いを広げ、新八の見切りの内に入るのを拒否した。

「それ以上、近付くと撃つ」

「ならば撃て……」

新八は構わず近寄った。

まだ見切りの内には入らない。

森川が冷たく笑い、引き鉄を絞った。

刹那、新八が上段から斬り下ろしながら刀を投げた。

刀は森川に向かって飛んだ。

銃声が響き、弾丸が新八の肩を貫いた。激しい衝撃を受けた新八は、背後に大きく弾き飛ばされた。

同時に、森川の胸に新八の刀が深々と突き刺さった。

森川は眼を大きく見開き、呆然とした面持ちで立ち竦《すく》んでいた。

「刀を投げるとは……」

森川は呆れたように呟き、横倒しに倒れて茂みの陰に埋もれた。

新八は、血の溢れる肩を押さえ、懸命に立ちあがった。

絶命した森川の顔には、数匹の蟻《あり》が這い回っていた。

新八は雑木林を見た。

土方とお仙の姿は既になかった。

新八は血の流れる肩を押さえ、二人の名を呼び、探した。だが、二人が現れる様子も返事もなかった。

新八の呼び声は、雑木林に虚しく木霊した。

土方歳三とお仙は、御殿山の奥深くに消え去った。


数日が過ぎた。

森川の撃った銃弾は、幸いにも新八の肩の骨を外れていた。

あれから新八は、天妙寺に戻って天空と木念の手当てを受けた。だが、熱が出て動くことは叶《かな》わなかった。

その間、天空は木念と信頼できる農民に頼み、二人を探した。だが、土方歳三とお仙を見つけることはできなかった。

「やはり、見つかりませんか」

「うむ……」

天空は、白い顎鬚を揺らして頷いた。

「土方さんとお仙さんは戻ってくる気はないのかも知れない」

新八はそう思った。

「お仙は土方歳三と死ぬ気か……」

天空の思いも新八と同じだった。

「はい」

新八は頷いた。

土方歳三をさらし者にしてはならない……。

お仙はその一心で、御殿山の奥に土方歳三と死ぬ場所を探して彷徨《さまよ》っている。

それが、お仙が幼い時から育《はぐく》んだ土方歳三への愛情なのだ。

土方歳三は幸せな男だ……。

新八は、お仙を哀れんだ。

津軽海峡の波は珍しく穏やかだった。

新八は岩場に佇み、海を眺めた。

土方歳三、お仙、良庵、作造。そして、古高弥十郎、大木重蔵、森川伝七郎たち、この世から滅び去った者の顔が、浮かんでは消えていった。

新八は、海に向かって手を合わせた。


新八は海辺を進んだ。

行く手に松前の湊が見えて来た。

松前……。

新八は懐かしさを覚え、懐からよねの作ってくれたお守りを取り出した。

お守りは僅かに血が滲み、薄汚れていた。

よね……。

新八は、お守りを握り締めて足を速めた。

松前の湊は、箱館の湊が賑わうほどに寂れていく。

新八は湊の傍を抜け、武家屋敷街に入って杉村家の屋敷に急いだ。

杉村家の屋敷の門前では、下男の彦造が掃除をしていた。

「彦造……」

新八は明るい声を掛けた。

彦造は新八に気付き、慌てて屋敷の門内に駆け込んだ。

「お嬢さま、義衛さまです。義衛さまがお戻りになられましたよ。お嬢さま」

彦造の叫び声が聞こえた。

新八は苦笑した。

穏やかな心地よさが広がった。

「新八さま……」

屋敷内から駆け出してきたよねが、明るい笑顔を見せた。

「今、戻った」

新八は眩しげに微笑んだ。

明治五年（一八七二）正月、明治新政府は徳川慶喜《よしのぶ》をはじめとした旧幕府軍の者たちの罪を赦《ゆる》した。

新八はお尋ね者ではなくなり、よねと祝言を挙げて杉村家の家督を継いだ。

その後も、土方歳三とお仙の消息は知れず、噂が流れることもなかった。

箱館戦争の最中、土方歳三は一本木関門の戦いで銃弾に斃《たお》れ、埋葬された場所は不明とされたままだった。

それでいい……。

歳三とお仙は、御殿山の奥に消えて行った。

それが、新八の見た二人の最期の姿だった。


江戸に戻った市村鉄之助は、土方歳三が生きていたと知らぬまま消息を断った。

明治十年（一八七七）、西南戦争が勃発《ぼっぱつ》した。

三月、西郷軍と政府軍は田原坂《たばるざか》で激突した。その戦いで戦死した西郷軍の若い兵士のお守りから観音像の絵が出て来た。

観音像の絵は稚拙だが、慈悲に満ちた優しい顔をしていた。

若い兵士は、薩摩者ではないと分かっただけで、名と身許は不明だった。

北海道にいる新八が、それを知るはずはなかった。

その後、杉村義衛こと永倉新八は、樺戸監獄《かばとかんごく》の剣術指南役に就任するが、退職後江戸へ出て牛込で剣術道場を開き、晩年は小樽《おたる》に落ち着いた。

土方歳三の墓は、親族の手によって東京日野の石田寺《せきでんじ》に建てられた。

その昔、石田寺は荒廃していたが、多摩川の洪水で十一面観音像が流れ着き、再興されたとの言い伝えがある。

歳三が観音像の絵を描いたのは、偶然ではなかったのかも知れない。

時は流れ、日本は日清・日露の戦争に突入するが、新八の平穏な日々は続いた。

新撰組や土方歳三のことを思い出すことも次第に少なくなった。

四十五年に及んだ明治が終わり、大正の世になった。

世の中は、新撰組も戊辰戦争も忘れ始めた。

新八が志を抱いて闘い、生き抜いた動乱の時は、次第に歴史の一部でしかなくなっていった。

大正四年（一九一五）一月、杉村義衛は病に倒れた。

新八が、最期に瞼《まぶた》の裏に見たものは、京の空に翻る新撰組の『誠』の旗だった。

「結構だねえ……」

新八は江戸弁で呟いた。だが、家族にとって呟きは呻き声でしかなかった。そして、新八は家族に看取られ、七十七歳の生涯を終えた。

新撰組副長助勤二番隊組長永倉新八の戦《いくさ》は終わった。

〈参考文献〉

『新撰組顛末記』永倉新八・著（新人物往来社）
『新選組始末記』子母沢寛・著（中央公論新社）
『土方歳三』童門冬二・著（成美堂出版）
『日本の歴史』（中央公論新社）
『北海道百年・上』（北海道新聞社）
『日本史大事典』（平凡社）
『図説　新選組史跡紀行』（学研）
『図説　幕末戊辰西南戦争』（学研）
『新選組隊士伝』（学研）

この作品は２０１１年９月に学研Ｍ文庫より刊行されたものに加筆訂正を加えたフィクションです。

双葉文庫

ふ-16-33

歳三《としぞう》の首《くび》

2015年11月15日　第1刷発行

【著者】
藤井邦夫《ふじいくにお》

【発行者】
赤坂了生

【発行所】
株式会社双葉社
〒162-8540 東京都新宿区東五軒町3番28号
［電話］03-5261-4818(営業)　03-5261-4833(編集)
www.futabasha.co.jp
(双葉社の書籍・コミックが買えます)

【印刷所】
株式会社亨有堂印刷所

【製本所】
株式会社若林製本工場

【表紙・扉絵】南伸坊
【フォーマット・デザイン】日下潤一
【フォーマットデジタル印字】飯塚隆士

ISBN978-4-575-66749-3 C0193
Printed in Japan